文春文庫

内閣官房長官・小山内和博

電光石火

濱嘉之

文藝春秋

内閣官房長官・小山内和博　電光石火　目次

内閣官房長官・小山内和博

電光石火

プロローグ

高度一〇〇〇メートル地点を着陸態勢でゆっくり降下していくボーイング777のプレミアムシートの窓から、雲ひとつない青い空と碧い海の接点を見出すのに数秒を要した。

日本にもこんなに美しい景色があるのか……見れば誰しもがため息をつくだろう。さらには、あらゆる条件が整わなければ出現しない光景を目にした幸運に感謝するだろう。

数時間前、富士山上空を通過する時には雲海の中に六合目付近から山頂までが浮かび、荘厳な気配とともに、その威容を見せていた。快晴の澄んだ空気の中で駿河湾の煌きを前景にした富士山を眺めるのも確かにいいものだが、雲を突き抜けてポッカリと一つの峰だけが存在を主張する様は、霊峰そのものだった。

「今日はハードスケジュールだが、海と山、日本が誇る全く異なる二つの景色を見ることができた。幸先がいいな」

「写真に撮っておきたいくらいですが、すべての電子機器類の電源を切っておかなければばならないのが残念です。同行しているプロカメラマンのカメラもほとんどがデジタル式ですから、結果的に誰もこの光景を撮ることはできないでしょうね」

官房長官付秘書官の大田《おおた》祐治《ゆうじ》は、隣席で食い入るように窓の外を眺めている内閣官房長官の小山内《おさない》和博《かずひろ》に笑顔で答えた。この職に就いて以来、都内からまず出ることがないためか、この時の小山内の顔には、官邸では滅多にみせない、子供のような無邪気さがあったからだ。

「誰か撮っているカメラマンがいたら、その写真と交換に、その社にスクープさせてやってもいいくらいだな」

小山内は笑って応じた。日頃は仏頂面が多い小山内だが、時折見せる笑顔は地元でも「主婦殺し」と言われるほどの人気があった。

小山内は身長一八〇センチメートル、体重八〇キログラムという堂々たる体軀の持ち主で、その顔立ちは歌舞伎役者のごとく温厚である。それゆえ党内のベテラン議員からは「まろ」と通称で呼ばれていたが、屈強な体軀との対比から「お公家魔神」と恐れる新人議員も多かった。

「それよりも、到着直後から分刻みの動きになります。ＳＰも今回ばかりは相当緊張しているようです」

「まあ、決して歓迎される訪問ではないからな。県民の皆さんにしっかり説明をして、この国のあるべき姿というのを丁寧に訴えていくだけだ。県民の強い要望に応えることができるように、今、全力で交渉に当たっていることを知事にもしっかり伝えるだけだ」

大田は笑顔から一転して顔を引き締めて語る姿に、小山内のなみなみならぬ決意を改めて見た気がした。

「これまで、歴代の首相をはじめとして、どれだけの閣僚がここで会談してきたことか……」

その大田の言葉を遮るように小山内が言った。

「今度の内閣は長期安定政権だ。そこがこれまでの交渉とは全く違うことを知事にも県民にもわかってもらうしかない。これは日本国内の問題だけではなく、日米安保条約の根幹にも関わる問題なんだ。アメリカ政府も言葉にこそ出さないが、今回の会談に注目しているだろう。誠意を尽くせば理解もされよう。『人は静かな絶望に生きる』そうだが、政治家という人種は絶望に生きてはだめなんだ」

「アメリカの詩人、ヘンリー・デイヴィッド・ソローの言葉ですね」

「さすがに東京大学法学部を優秀な成績で出ただけあるな。とにかく今日はひたすら、日米間で約束したことをしっかり守って、一つひとつ着実に実行に移して行き、その中で、県民の皆さんと約束したことも責任を持って前に進めていく決意を示すだけだ」

「決意と申しますと、何らかの数字も示されるわけですか？」

「数字はまだ早い。ある程度の幅は決めてはいるが、まだ出す時期ではない。まずは対等の立場でテーブルに着くことからスタートだ」

「長官のその強い意志はどこから来ているのですか？」

大田が小山内の目を凝視しながら訊ねると、小山内は目元にやや柔らかさをたたえて答えた。

「今、我々日本人にとって一番の課題は……そうだな、自信を取り戻すことじゃないかな。戦後、焼け野原の状況からこの経済発展を遂げて、豊かで平和な国にはなったが、その中で失ったものも多くあるわけだ。それを、もう一度、原点に返って取り戻すということだ」

機長の腕がいいのだろう。飛行機はほとんど振動もなく滑るようにランディングした。機体がエプロンからスポットに入り、シートベルト着用のサインが消えると同時にチーフパーサーと二人のＳＰが素早く立ち上がった。ＳＰは他の乗客の移動を制するように通路に立ちはだかった。しかしその動きは有無を言わせぬ態度ではなく、警視庁警護課のエリートらしい穏やかさがあった。他の乗客も小山内の顔を知っているらしく、通常なら出口に向かって歩き始めるところを、この日は座席に座ったままＳＰの制止に従っていた。前方の扉が開くとフライトアテンダントの誘導に従って、前後をＳＰに挟まれて大田、小山内の順でボーディング・ブリッジに降り立った。

四月上旬というのに那覇の空気は頬にまとわりつくような、ムッとする感覚があった。

空港ロビーには五十人を超える報道陣が待ち構えていた。規制線の前には制服警察官が一メートル間隔で立っている。ムービーカメラのライトとカメラのストロボ放射が花火大会のスターマインのように光った。沖縄県警の警護課員が先導と警護に加わって、小山内を取り囲むと、マスコミにサービスでもするかのようなゆっくりとした足取りで空港ターミナルビルの外れに向かい、那覇空港第二滑走路予定地を視察した。

那覇空港は航空自衛隊も使用し、さらに東南アジアに向けた貨物の拠点空港となっているため、滑走路のキャパシティが限界に達しており、第二滑走路の建設が予定されていた。空港ビルの外では基地移転反対派が集会とデモを行っていることが、県警の警備部長からSPに告げられていた。視察を終えた一行はVIPルームを通過して、空港特別口からパトカー、警護車両、乗車車両、警護車両という構成で四台の車列が静かに発進した。

その間、小山内は穏やかな顔のまま、一言も語らない。マスコミに対して手を挙げることもなかった。

車列は空港から糸満市の国立沖縄戦没者墓苑に向かった。

大田祐治は東京大学法学部卒業後、一九八九年に警視庁入庁。

県警の捜査二課長が振り出しで同期二十人の中では刑事畑のエース候補であったが、二度目の府警捜査第二課長時代に現職閣僚が絡んだ大掛かりな贈収賄事件において、中国系外国人グループによる政治資金規正法事件を摘発したことで、警備警察に鞍替えした経歴を持っていた。その後、在モスクワ日本大使館一等書記官、警察庁警備局警備企画課第二理事官、つまり日本の警備情報の総括である「チヨダ」の校長を経て、警視庁公安部公安総務課長、警察庁長官官房人事企画官、県警本部長を経て、政権交代前の官房長官秘書官に就いていた。

大田は警察官の採用基準である身長一六五センチメートル以上に足りなかったが、警視庁採用時のリクルーターと、採用官がその能力を高く評価したことにより、この職に就くことが出来たのだった。

県警本部長時代には全ての県警職員を前に訓示を述べることも多かったが、背の低さから時折「SPの陰に隠れて見えない」という陰口を叩かれていたこともあった。だが、温厚な性格の内に秘めた闘志と、困難にぶちあたっても屈することなく着実に目的を達成していく突破力で、積極的な警察活動の最前線に立つうちに、県警職員だけでなく県議会、県庁、県知事からも厚い信頼を置かれる存在になっていた。中でも当時四期目だった知事からは、自身の後継者として政治家への転身を要請されるほどだった。

大田はふと、四ヶ月ほど前、新内閣発足に伴い自身の境遇が決まった日のことを思い出した。

意外なことに大田は前官房長官の島崎理《しまざきおさむ》から引き続き、小山内の秘書官に就くことになった。これは異例のことだった。首相が交代すれば、秘書官もその任を解かれて出身省庁に戻されるのが通例だからだ。しかも、今回は政権交代という形で、政治思想も手法も異なるトップに入れ替わったのだからなおさらだ。

しかし、警察庁長官官房人事課長からの指示は予想外のものだった。

「今回の政権交代に伴う総理及び官房長官秘書官の異動は、官長の指示で当面はこれを行わない」

官長とは官邸の長、つまり内閣総理大臣の警備警察内での略称である。

警察庁から総理大臣秘書官に就いている植田幸喜《うえだこうき》は同期生だった。過去の例を見ると、総理大臣秘書官よりも官房長官秘書官の方が年次では大きくて六年、小さくても三年下の差があるのが通例だった。一方で省内の出世レースにおいては官房長官秘書官経験者の方が一歩上と言われていた。それは、内閣総理大臣を終えた政治家の多くは政治的支配力が低下するが、逆に官房長官は将来の総理大臣候補としてますます力をつけるからだった。現に現在の警視総監も十年前に官房長官秘書官を経験している。

しかし、植田幸喜はこれまで同期の出世レースの先頭を走っているかに見えたし、その能力は大田自身も及ばないことを自覚していた。

「植田も当面は替わらないのか……」

大田はそう呟きながら、新たな官房長官となる小山内の顔を思い出していた。

官房長官に就任した小山内和博は六回生で、この五年で急速に力を付けたと言われる政治家だった。

小山内は九州出身で、集団就職の後半世代として東京に出てきていた。高校で東京の就職先を斡旋《あっせん》してもらい都内の工場で働くようになる。

九州人の特性は地理的に大きく変わる。九州を縦半分に区切って、東側、鉄道の路線で言えば日豊本線ルートは関西文化圏である。一方、西側の鹿児島本線、長崎本線ルートは関東文化圏になっている。これは食文化にも影響し、東側は焼酎、西側は日本酒という嗜好にも現れてくる。そもそも、焼酎は薩摩藩が工業用アルコールを作るためにサツマイモからアルコールを作らせたことが飲料用に転じたもので、焼酎文化は薩摩藩の影響によっている。このため、宮崎、大分も焼酎文化が広まり、大分で主流を占める麦焼酎は、もともと長崎県壱岐で生まれたものが伝播した経緯がある。

小山内は鹿児島本線ルートだったことから東京に出てきた。

仕事の厳しい現実の中で「このままで一生を終えていいものか……」という自問自答を重ねるようになって小山内は大学に通うようになる。自分の力で稼ぎ、社会人として生活をしながら学費を捻出して大学を卒業した小山内は、新たな道を選ぶ。それが政治の道だった。と言っても、今の多くの地方政治家とは異なり、国会議員の秘書を十年以上経験した。今では珍しくなった、徒弟制度、書生を経験して、小山内は政治家としてデビューすることになる。

その小山内が今回の第二次安藤孝太郎《あんどうこうたろう》政権誕生の立役者であり、懐刀とも言われる存在になったのは、四回生当時に短期間ではあったが総務大臣を経験し、その手腕をいかんなく発揮した頃からだった。

大田が警察情報の総元締めである通称「チヨダ」の理事官をしていた当時、警視庁公安部の担当者から「小山内は将来の幹事長候補。人心掌握に優れ、人脈も着々と広げている」という報告も受けていた。当時の小山内はまだ一回生で、大田はその名前すら知らなかったが、その警視庁公安部の情報マンは大田が尊敬する上司でさえ「日本警察の宝」とまで評する存在だっただけに、その後、自然と小山内に注目するようになっていた。

その時、植田から電話が入った。

「大田、人事課は何を考えているんだろうな」

「ああ、そのことか……なんでも官長の意向らしいが、やりにくいっちゃ、やりにくいよな」

「ああ。今度は長期政権だろう？　どうなるかわからんぞ。このまま古巣に帰ったら俺たちの察庁内人事は終わってしまうかもしれないな」

「そこなんだよな……まあ、政権交代……それも最悪な三代が続いたからな……お前はまだ来たばかりだからいいかも知れないが、私はこのまま帰ったらおしまいだろうな」

「秘書官を即座に異動させない措置は、案外、野党に転じた民政党の動きを完全に封じる作戦なのかも知れないが、そう考えると恐ろしい手口だな」

「野党に転んだ以上、せっかく築いた霞ヶ関とのパイプが完全に崩壊してしまうからな、今さら元の秘書官に話を聞こうなんてことはできなくなる。かと言って私たちは所詮、政治家から見れば一時しのぎの関係だからな。最悪の事態は想定しておく方がいいだろうな……民政党政権が三年も長持ちするなんて、霞ヶ関では誰一人考えてもいなかったことだから、運が悪かったというしかないんだが……これは過去の先輩方の進退と同じだ」

「あまり悲観的になっても仕方ないが、大田の場合はちょっと長いからな……。ただ、これからの数週間の仕事次第では新たな展開も出てくるかもしれない。そして、人事で野党を封じる発想ができるのは官房長官の小山内さんくらいのものだろう。まさに寝業師の本領を発揮したといえるやり方だ」

「寝業師か……懐かしい響きだな……久しぶりの実力ある党人派の登場というところか。

そこに期待するしかないかもしれんな……」

大田は警察組織の中での自らの出処進退を悲観的に受け取るしかなかった。そのなかで、唯一の光明が小山内という党人派官房長官の登場だった。

かつて民自党には党人派、官僚派という区分があった。派閥とは別に、ゼロからたたき上げた政治家のグループとエリート官僚出身のグループの二派である。政治手法においても両者は大きく異なり、政策立案は得意だが、ややもすると頭でっかちになりがちな官僚出身者に対して、党人派の政治家は水面下の政界工作などに大きな力を発揮した。もっとも最近では党人派は、ほぼ絶滅してしまった。その背景には、度重なる「政治とカネ」をめぐる問題のイタチゴッコの末、よくも悪くも党人派政治家の求心力の源泉となっていたカネの供給源が徹底的に叩かれたことも一因になっている。同じ理由で、いわゆる派閥の力というものも、かなり弱体化しているのが実情だ。

その結果、政治家の多くは、世襲の二世議員か、官僚出身者、そして選挙時に吹いていた風にのって当選した新人議員という構成になっている。そうしたなかで、市議からのたたき上げで、党の雑巾がけをやりながら、地道にキャリアを積み重ねてきた小山内は、その政局勘と剛腕とも呼べる行動力において、かつての党人派の系譜に連なる稀有な存在であるが、一方で従来の党人派に見られたような地元への露骨な利益誘導などは行わず、むしろ政治的なスタンスとしては構造改革派に近く、新しい時代における党人派の政治家といえた。

小山内と大田の初対面は、衆議院議員選挙終了後に召集される特別国会後の首相官邸においてだった。総選挙前の民自党総裁選で新総裁となった安藤代議士が首班指名されることはほぼ確実な情勢であり、大方の予想どおり官房長官には小山内が就任した。ただし、小山内の官房長官としての手腕は未知数であり、与党内部にも様々な火種の原因となる虞《おそれ》あり、との噂も流れていた。

官房長官執務室で前任の官房長官と事務引継書に署名と花押を記すが、その時は大田はまだ前任者の秘書官であり、前任者の側にたってこの一連の儀式を見守っていた。儀式が終了した段階で秘書官室に戻った大田は、すぐに小山内に呼ばれた。

「警察庁から出向している大田秘書官だね」

官房長官執務室での第一声に、これまで警察庁長官から辞令を交付された時以上の重さを感じていた。

「さようでございます」

大田は警察官僚らしく姿勢を正して冷静に答えた。

「引き続き秘書官として任についてもらいたい」

小山内の言葉に大田は一呼吸置いて答えた。

「ありがとうございます。誠心誠意対応させていただきます」

「君のことは野党時代から見ていた。君の経歴も承知している。内調や内閣情報官とは別に内閣の耳目となって情報収集もよろしく頼む」

「これは大物だ……」大田はこの時、小山内の政治的センスを窺い知った気がした。

新政権の人事が発表された日から二週間。大田と植田の同期コンビは、弁護士会館の地下の居酒屋で、「新官房長官の品定め」をしていた。

「最大の懸念材料だった保守系野党勢力の切り崩しにも成功していることを考えても、まさに政界の寝業師という形容がふさわしいと思うよ」

「その中でも、当面の最大の案件が沖縄問題だ」

大田がため息混じりに言ったのを聞いて、植田が頷く。

「その噂は俺も耳にしている。何でも沖縄問題を現政権は小山内に丸投げするつもりらしいじゃないか」

植田も政権交代確実となった段階で民自党の総裁選の動きを注視していた様子だった。と言っても植田自身も当時は中規模県の県警本部長に出るつもりでいたようだった。それを知っているだけに、大田は首を傾げながら言った。

「官房長官に重要政策を丸投げというのは、いままで耳にしたことがないな」

大田の言葉を聞いて、植田は何か思いついたように答えた。

「小山内はすでに腹案を持っているのかも知れない」

「腹案か……以前、それを口にして政権をほっぽり投げたアホな総理大臣がいたが、どんな腹案を持っていると言うんだ？」

大田が過去の総理交代劇を思い出して憮然とした様子で尋ねると、植田は一瞬だけ目を瞑《つむ》って答えた。

「それはまだなんとも言えないが……そうでなければ官房長官自ら動くということは考えられない」

確かに仮に重要な政策であったとしても、官房長官が一政策について直接動くことは考えにくかった。何よりも主管大臣が存在するからだった。今回の沖縄問題に関しては防衛大臣の他、総務大臣、経済産業大臣がその担当であった。中でも防衛大臣は基地の移転という最重要課題を担当するだけに、これを差し置いて官房長官が処理をすることは越権行為と言われても仕方なかった。ふと大田の頭にある人物の顔が浮かんだ。

「そういえば小山内の幅広い人脈の中でも、三代前の渡邊《わたなべ》警察庁長官とは相当近かったという噂を聞いたことがある」

「渡邊長官か……彼は沖縄の県政と治安に関してはチヨダにも盛んに情報を求めていた時期があったな……」

「そういえば俺も、沖縄問題の根底にあるものは何か……について当時調査回答したことがあった」

「警備企画課で調査したのか？」

「いや、当時沖縄問題に取り組んでいた警視庁公安部の係長に依頼した」

「警視庁公安部か……どこにでも出没する組織だな。彼らは何を追っていたんだ？」

「今だから言えるが、当時、北海道選出の有力議員が北海道と沖縄の利権を巡って暗躍していたのを彼が掴んでいた。まだ、内閣府内に北海道・沖縄開発庁の名残りがあった時代だったからな」

「松村春男《まつむらはるお》代議士か？」

「そうだ。〝利権大将〟と呼ばれ、北海道・沖縄開発庁長官も務めた奴だ。飴と鞭、恫喝と囲い込みで霞ヶ関を巧みに操った男だったが、その手口が公安部に狙われたんだな……」

「東京地検が松村をやった背景にはそれがあったのか……」

「そうだ。当時の公安部は怖いものなし……だったからな。松村自身が長官に探りの電話を入れたぐらいビビっていた。その松村を追い詰めた当時の担当者が一回生の小山内を見て、将来の幹事長有力候補と言っていたんだ」

「そんな公安マンがいたのか？」

「ああ。今でも官房副長官のところに平気で顔を出している」

「すると、官房副長官もその時の情報を知っているわけか？」

「もちろん。官房副長官は当時内閣情報官だったからな。彼を未だに戦友と呼んでいるくらいだ」

大田が苦笑いをして答えると植田もまた呆れた顔をして訊ねた。

「戦友か……俺はまだ口も利けない殿上人なんだが、それよりも、その公安マンの沖縄評はどうだったんだ？」

「沖縄は教育問題を是正しない限り将来が暗い……というものだった。また、当時、沖縄は長寿県で有名だったんだが、彼は、間もなく早死の不健康な県になるとも断言していた」

「なんだ、そいつは預言者か？」

「いや、極めて理論的な根拠に基づいたものだった。沖縄にいくらインフラ投資をしても、これを活用するのに見合った学力を身に付けさせてやらなければ意味がない……とね」

沖縄県の高校生の進学率は六七・四パーセントで、全国平均の七七・〇パーセントと比較して一〇ポイント程低い。とりわけ大学進学率は、全国平均の五三・九パーセントに対して沖縄県は三六・七パーセントとかなり低い数字である。しかし、それ以上に問題なのが、就職も進学もしない無業者の多さである。いわゆるニートともフリーターともいわれる若者は、高校卒業生の一八・七パーセントにまで達しているのだ。

大田の言葉を聞いて植田が思い出したように言った。

「同期の浜田《はまだ》が一年半の沖縄県警本部長勤務を終えて戻った直後の同期会で、沖縄に対する愛着を感じることができなかった、と話していたことがあったな。内地の常識が通用しないだとか、都合が悪くなるとヤマトンチュとは違う旨の言葉で誤魔化す、とかな」

「まあ、あいつの場合は食べ物が全く口に合わなかったというのが本当の理由のようだが、シマンチュ、ヤマトンチュの壁は沖縄県民が作っている部分もあるからな」

沖縄方言でシマンチュは「島人」、ヤマトンチュは「大和人」つまり日本本土の人を指す。ちなみに琉球言葉の短母音は「あ」から「う」までしかなく、日本語の「え」は「い」に「お」は「う」に変わる。このため米は「クミ」となる。

「過去の歴史があるから仕方ない面もあるだろうが、沖縄返還の一九七二年から、もう四十年以上経っているんだ。いつまでも沖縄県を〝特別扱い〟している場合じゃない」

植田は刑事局出身で全国四十七都道府県の犯罪データを作成するセクションに身を置いたこともあるだけに、県警本部長を経験した同期生の言葉をさらに深く考えている様子だった。

「〝特別扱い〟ってのは、内閣府本府内の沖縄振興局や沖縄総合事務局のことか?」

「まあ、そうだな。所管大臣の内閣府特命担当大臣（沖縄及び北方対策担当）は必置が法定化されているから仕方ないにしても、その予算規模だ。沖縄振興予算が年間三五〇〇億円に対して北方対策予算はわずか一九億円だからな」

「シーリングはそのくらいだったな……」

シーリングとは予算編成の際の概算要求額の上限枠を意味し、この枠に基づいて財務省が予算を振り分けるのだ。

「その三五〇〇億円の中には沖縄科学技術大学院大学建設予算として二〇〇億円近くが計上されているんだ。国際的に卓越した科学技術に関する教育研究を推進し、沖縄におけるグローバルな知的・産業クラスターの形成を推進するという名目だ」

植田が予算の数字まで知っていることに大田は驚いて訊ねた。

「沖縄に科学技術か……進出企業はあるのか？」

「ないだろうな」

「沖縄県民より、よそからの学生流入で終わりそうな感じだな……当然、就職先もないだろうし……そこをまた官邸がゴリ押しするわけにはいかないだろう」

「次々と潰れる法科大学院の二の舞になりそうだな……。今、食えない弁護士がゴロゴロいるし、銀座にあった法律事務所は夜逃げしたそうだ。学校作って資格を取らせても、結果的には受け皿がなければどうしようもない。お役所仕事極まれり、だな」

植田がかつて予算の復活折衝の際に、大学同期生の主計局員から、にべもなく要求を却下されたのを未だに根に持っていることを大田は知っていた。

現知事は沖縄の県立高校から東京大学に進学した秀才だった。それだけに、沖縄の教育水準が低下していることに忸怩《じくじ》たる思いがあるのは理解できた。閣雲に経済支援を行っても、沖縄に将来の健全な姿は見えてこない。小山内は常にトータルコーディネートを考えている男である旨の報告を、チヨダ時代からずっと受けている。その小山内の政治感覚を考えると、現知事の琴線に触れるような腹案を持っているに違いない。

大田の真剣な顔を見て植田が訊ねた。

「なあ、那覇空港の第二滑走路計画の原案になった、那覇を貨物《カーゴ》のハブ空港にする方針に関して、すでに国内航空会社に実験的にやらせているのは小山内だろう？」

「そうだと思う。あの会社の役員と小山内のつながりは古いんだ。人間関係に関してもポイントを押さえているよ、小山内は……」

植田も小山内が持つ人脈の広さを知っていたし、それを誰から引き継ぐわけでもなく、自らの力で切り開いた能力をも高く評価していただけに、大田の言葉に頷きながら言った。

「結局、基地問題を片付けない限り、話は進まない」

「確かに、沖縄県民に基地問題等で日本の防衛を背負ってもらっているのは理解している。しかし、別に基地があるのは沖縄だけじゃないからな」

植田の言葉を制するように大田が言った。

「米軍基地は、依然として沖縄県土面積の約一一パーセントを占め、とりわけ人口や産業が集中する沖縄本島においては、約一九パーセントを米軍基地が占めている。これは本来、望ましい都市形成や交通体系の整備並びに産業基盤の整備など地域の振興開発を図る上で大きな障害となっていることは明らかだ」

「それでも、嘉手納基地周辺の騒音問題だって、何も街の真ん中に基地を作ったのではなく、基地の周辺に街が広がった……というのが本当のところなんじゃないのか？」

「新幹線の騒音訴訟とは違うのは確かだが、軍用機の騒音は想像以上に大きいからな。さらに軍用機が進化すればするほど騒音も大きくなっている。何よりも、沖縄駐留しているのが嘉手納基地以外はほとんど海兵隊というところが問題だ」

大田の言葉に植田も頷いて言った。

「海兵隊は隊員教育の度合いが陸海空軍とは全く違う。それだけに余計な事件、事故が多いんだ」

「陸軍のウエストポイントや海軍のアナポリス、空軍のコロラドスプリングスといった独自の士官学校を持っていないからな」

海兵隊への入隊希望者は、まず海兵隊の士官候補生学校（Officer Candidate School、

ＯＣＳ）に入校し、十週間の訓練を受けて修了することが求められる。アナポリス卒の士官候補生が海兵隊将校に任官する道もあるにはあるが、ごく稀である。

「士官はまだいいが、一般隊員のレベルは陸海空軍より圧倒的に低いからな。そんな連中に街中を彷徨《さまよ》われたら、一般市民はさぞかし怖いだろうと思う」

「そうだな……陸海空軍からの『戦争好き志願兵の集まり』との中傷は絶えないからな」

海兵隊に対する認識は大田も植田も同じだった。植田がこの店の秘かな名物となっているジャーマンポテトを口に放り込んでから言った。

「お前が言うように、沖縄を特別視して沖縄県民を甘やかすことは国策としてはよくないと思う。ただ、沖縄県民が持つ大和人、沖縄人という意識はそうそう変わるものではないことは明らかだ。戦後、アメリカの支配下に置かれた屈辱は、その世代が生きている限り消えることはないと思う」

「そうか……四〇歳以上となると人口の半分以上だろうからな……それがまた親から子へと受け継がれると、反米軍感情はなかなか消えないな。ガソリンと肉がいくら安くても、実際に支配された者でなければわからない感情なんだろうな……」

「だから未だに沖縄には急進的左派の政治感情が根強いんだろう。彼らは沖縄を最後の日本革命の拠点として位置づけているからな。何かことが起きれば日本中から支援団体が押しかけてくる。まるで沖縄県民全体が反対闘争を行っているかのような錯覚に陥るんだが、選挙をしてみると半々の結果になるところが面白いといえば面白いんだ」

「しかし小山内はそれを切り崩すという感覚を持っていないところが、これまでの政治家とは違う」

大田の言葉に植田が反応した。

「選挙でも半々に分かれる感情を、切り崩さずにどうやって懐柔するつもりなんだ？」

「おそらく、あくまでおそらくだが反対派に対しては何らかの課題を与えようとしているような気がする」

「課題？　反対派にか？」

「俺もまだはっきりと本人の話を聞いたわけではない。しかし、理想と現実の間には大きな隔たりがあることは事実だ。反対派にいくら国家の問題を説いても仕方がない現実がある。それならば、国家支援を限定的にして県民が自立できるかどうかを試してみるのも一興というものだ。そのためには普天間基地の跡地利用を沖縄県民に委ね、県民の力だけで経済、文化の復興をやってもらえばいい。もしそれができれば国も余計な金を払わずに済むし、沖縄県民も自信を持つことだろう」

「時期が来るまで待とう……という家康的な発想を小山内が持っているということか？」

「いや、これはあくまでも俺の持論だ。小山内の感覚はむしろ家康ではなく秀吉のそれに近いんじゃないかな。ただ小山内と秀吉の大きな違いは、小山内自身が積極的にトップを狙っていないことと、さらにはトップの後継者が育っていないという現実だ。しかも、小山内自身の後継者もいない。一年もすれば、史上最強の官房長官になる可能性は高い」

大田の言葉は現在のいかなる政治評論家をもってしても否定することはできないだろうと、植田も感じた様子で、ポツリと一言呟いた。

「まさに軍師だな」

沖縄戦跡国定公園内の東部、糸満市摩文仁《まぶに》地区、通称摩文仁の丘に所在する沖縄県営平和祈念公園内に国立沖縄戦没者墓苑がある。小山内はここで献花を行い、県関係者の案内で平和の礎《いしじ》の前で祈りを捧げて同地を後にした。

「さて、本番だな」

「献花とお祈りには相当時間をかけていらっしゃいましたね」

「沖縄は唯一の本土決戦が行われた場所だからな。尊い命を失ってしまった。こんな惨禍は二度と起こしてはならないし、政治家としてそういう道に国民を導きません……と改めて誓ったんだよ」

「そういうことを記者会見でおっしゃればいいと思いますが……」

「そういうことは態度で示せばいいんだ」

小山内は自分に言い聞かせるように言った。

市内のホテルで知事は沖縄の民族衣装とも言える黄色のカリユシ姿で小山内を出迎えた。その表情に笑顔はなかった。小山内もまた愛想笑いを浮かべることもなく、淡々、粛々とした態度でこれに応じた。

ここでも報道陣のストロボが盛んにたかれた。二分間の〝頭撮り〟を終え、マスコミが会議場所であるホテルの貴賓室から姿を完全に消すのを待って、小山内が穏やかに切り出した。

「お忙しい中、お時間をいただきありがたく思います」

「官房長官も激務ともいえるご公務の中、わざわざ足をお運びいただき、ありがとうございます」

この時、小山内は知事の所作に漂うこれまでとは違う柔らかさを、動物的な勘で捉えていた。小山内の態度は全く変わらない。今回の沖縄訪問の最大の目的は日米両政府がその週のうちに合意を目指している嘉手納基地より南にある米軍施設などの返還計画に関するものと、普天間基地の名護市辺野古への移設問題に道筋をつけることだった。知事は、

「いつ頃というメドをつけてほしい」

と、返還計画について率直に具体的な時期の明示を求めた。これに対し、小山内は、

「沖縄県民の強い要望に応えることができるように、今、全力で交渉に当たっている」

と応じ、さらにこれに付随する沖縄振興策について語った。双方とも一歩も引かない姿勢に変わりはなかったが、小山内が安定した長期政権になるであろう現政権を支える官房長官として、沖縄問題を全面的に総理から任されていることを知事は会話の中から感じ取っていた。

特段の結論も出ない会談ではあったが、小山内は次の事務レベル会談で、知事サイドを驚かせるような内容を提示する用意があった。それは小山内が日頃から口にしている、

「原点を大事にする」というものであった。

「沖縄のことを沖縄の立場に立って考えれば自ずとわかることがある。そうすれば物事は見えてくる感じがする」

第一章　合従連衡

「もう一度、安藤さんを総裁にしたい」

小山内がそう切り出すと、盟友で五回生同期の内田昭史《うちだしょうじ》は怪訝《けげん》な顔つきになった。

第二次安藤政権誕生から遡ること約三ヶ月、二人はホテルオークラのサウスウイング十二階にあるダイニングシガーバー「バロン」で向き合っていた。間近に迫った民自党総裁選の「戦略会議」のためであった。

内田は安藤同様に二世議員だったが、内田の父親は民自党ではなく、当時の野党の重鎮だった。それが息子の代になって民自党に替わり、地元での大きな対立を経ながらも、自己の能力をいかんなく発揮して衆議院議員として新たな地盤を築き上げていた。内田が首を傾げて言った。

「自ら政権を放り投げたことがある人を、また総裁に担いで全国の党員が納得すると思いますか？」

「あの時と今とでは情勢が違っている。今度の総裁は総理になる可能性が極めて高い。長谷川《はせがわ》さんも悪い人じゃないが、一国の総理になるにはまだ器が小さい」

小山内は三年以上の野党暮らしにようやくピリオドを打つ時が差し迫っていることを確信していた。

小山内が推している安藤はかつて一年間だけではあるが内閣総理大臣を経験していた。しかし、当時、党内に八十人以上の新人を抱え、〝政権交代〟を合言葉にした野党の攻勢に晒されていたこともあって、安藤は体調不良に陥り、志半ばで総理の座を去っていた。一方で対抗馬と目される長谷川繁晴《しげはる》は、民自党離党経験があるものの、国家に対する一途な気持ちと真摯な態度が一般党員から支持され、マスコミを効果的に活用する術《すべ》も手馴れていた。

そして今回行われる党の総裁選は即ち、日本国総理大臣の指名選挙と同じ意味合いだった。なぜなら次期総選挙では、失策続きの現政権に替わり、三年前に下野した民自党の圧勝、政権奪還が予想されていたからだった。

「しかし、どうでしょうね……全国の党員の間での安藤人気は長谷川人気に比べると格段に低いですよ。せっかく圧勝ムードになりそうな雰囲気なのに、安藤さんで萎んでしまうのが気がかりです」

「今回は政策勝負で行く。経済の立て直しを第一に国民に訴えて行くんだ」

「経済政策が安藤さんの得意技だとは思えませんが……何か勝負手があるんですか？」

「レーガンがレーガノミクスを打ちたてたように、〝アンドノミクス〟という三本の矢構想で勝負するつもりだ」

「三本の矢ですか……今どきそれが通用しますかね……」

「今回は口約束だけでなく、即実行に移す準備もできている。そのためにはどうしても安藤さんにもう一度、総理総裁になってもらわなければならないんだ」

「厳しいだろうな……」

「大変な状況であることはわかっている。自分で世論調査もやってみたよ。非常に厳しい情勢だった」

「そうでしょう。それが世論の大勢だと思いますよ」

内田が思わず腕組みをして答えた。すると小山内はテーブルに身を乗り出して言った。

「ただやはり私は安藤という政治家を、もう一度、国民の前に立たせたいんだ。必ずカムバックしてくれると信じているし、安藤さんの持つ可能性をずっと信じているんだ」

「小山内さんがそこまで言うとは思わなかったな……」

内田がグラスにまだ半分近く残っている赤ワインを一息に飲み干して、「ウーン」と唸った。内田に次の言葉が出ないと察するや、酒を飲まない小山内は暖かい黄金色に輝く上質の鉄観音茶を飲みながら、好物の生ウニ入りのスクランブルエッグを口に運んだ。

空になったボルドー用のワイングラスのフットプレート部分をコツコツと指でたたきながら内田は次の言葉を探している様子だった。小山内が知らん顔をして再びスクランブルエッグを口に運ぶと、内田がテーブル上の呼び鈴を押した。ウェイターに「同じものを」と赤ワインを注文して内田は小山内の顔を眺めた。小山内はいたずら小僧が悪さをして母親の顔を覗き見るかのような上目遣いで内田を見ており、目があった内田は、思わず呟いた。

「参ったな……」

内田はこの小山内の視線に弱かった。おかわりのワインが来るまで手持ち無沙汰の様子で落ち着きなくワイングラスをコツコツとテーブルに当てていた。やがてソムリエが赤ワインのボトルを持って現れると、ソムリエに向かって言った。

「ちょっと多めに注いで」

ソムリエはニコリと笑って小山内を見ると、小山内が大きく頷いた。ソムリエは笑顔のままグラスの四分の三までワインを注いだ。

「おっ、いいね。酒飲みはこのサービスでリピーターになるんだ。しかし、これは普段の倍の量はあるな」

内田も思わず笑顔になってグラスを口に運んだ。

「シャトーラトゥールの八八年をこんなにがぶ飲みするとバチが当たりそうだ」

「美味いワインらしいな」

「そりゃ絶品というものだ。この肉との相性も抜群なんだ」

レアとミディアムレアの際の絶妙な火加減で焼かれた特選和牛フィレ肉の塩釜包み焼きを口に運びながら内田が言った。

「内田君と私との関係みたいにかな?」

内田が思わず吹き出しそうになって言った。

「それを言うなら、安藤さんと小山内さんの関係の間違いでしょう」

小山内がニコリと笑って言った。

「総裁候補者が出尽くした感がある。おそらく総裁選に手を挙げるのは安藤、長谷川、大森《おおもり》の三人だろう。最終的には長谷川さんと安藤さんの決選投票になるくらい状況は拮抗していると思う。大森君はいつか総理総裁になるだろうし、これを推している若手仲間の主張もわかっている。ただ、今回の政権獲得後は長期政権になる。そうした時に党をまとめきることができるかどうかを判断すると、少なくとも国会議員は最終的に安藤さんを推してくるはずだ」

「長谷川さん優位に変わりないことは間違いありませんよ」

「わかっている。ただ、国会議員票を取りまとめれば逆転は可能だからな。長谷川さんは一度離党した過去がある。それをよしと思っていない議員は多いはずだ。親安藤よりもアンチ長谷川をまとめれば数は勝てると思うんだ。全議員の三分の二は欲しい」

「三分の二か……やってみましょう」

「厳しければ厳しいほど、やりがいもあるというものだ。この戦いは負けるわけにはいかない。まず、キーマンの切り崩しからだ。組閣も頭に入れて動かなければな……。第一次内閣は挙党態勢にして、長谷川さんは党務に専念してもらう」

「もう、そこまで考えているのですか……」

「一国の総理を目指すのだから、それくらいの準備は必要でしょう。民自党は烏合の衆ではないところを国民に丁寧に示すことが大事なんだ。今回の総選挙は再び新党が濫立することになるでしょうが、一、二年で淘汰されることは目に見えているし、この勢力を分断して我々の政策を実行できるようにするのも大事な仕事だからね」

「野党分断ですか……どんな新党ができるのかわからない段階で、すでにその分断まで視野に入れているわけですか？」

「所詮烏合の衆とはそんなものでしょう。私はまだ国会議員になっていなかったが、今の六回生、即ち、安藤さんたちが初当選したのは、長期政権を続けていた我が党が政権交代した時だったからね。それから二度の政権交代があったけど、新党と呼ばれたものはことごとく姿を消している。それは単に数の理論で集まった集団に過ぎなかったからで、歴史に学べばすぐにわかることだよ」

小山内は自信をもって持論を述べた。

「すると、次は何年ぶりかの長期政権を目指すわけですね」

「当然だ。七年続けて首相が交代するなどという事態は、近代民主国家として異常とし
か言いようがないだろうからね」

安藤が内閣総理大臣に就任したのはクリスマスの翌日だった。そして初閣議、臨時国
会でその日のうちに補正予算を通すという離れ業をやってのけた。
「相変わらず駆け抜けるようだな」
官房長官執務室で内田がそう漏らすと、小山内はニヤリと笑って応じた。
「前回も同じようにやってきたのだけれども、今回はやはり優先順位をつけているんだ
よね。何と何をいつまでにやろうという。前回と比べると、かなり戦略的になってきて
いるような感じがするね」
総裁選は、薄氷を踏む思いだった。なにしろ、民自党総裁経験者が一度総裁を退いて
再び総裁に就くのは例がなかったからだ。
第一回投票では、地方票で安藤は長谷川にダブルスコアをつけられた。国会議員票で
は優位に立ったが、国会議員票を最も多くとったのはダークホース的存在の渡太一《わたりたいち》で六

十票あまりを獲得していた。事実上、次期総理を決める総裁選は、事前の予想通り、安藤と長谷川の決選投票へともつれこんだ。決選投票は国会議員票だけで雌雄を決する。勝敗の帰趨は、第一回投票で二人以外に流れた国会議員票の百十票を如何に多く獲得するかにかかっていた。

決選投票直前、安藤選対本部が置かれた都内ホテルの一室では、小山内の票読みに選対スタッフの注目が集まっていた。

「どう出ますかね……」

「他に流れた百十票は、ほぼ二分するはずだ。そうなれば逆転は可能だ。というよりも予想通りの展開といっていいだろう」

「勝ちが見えてきた……と？」

「約二十票差だな。会見の準備を始めなきゃならない」

小山内が余裕の表情で、席を立った。今回の総裁選で小山内は安藤グループの実質的な選対本部長だった。推薦人代表と選挙責任者には次回の閣僚候補を立てていた。表に出した二十人の推薦人には重鎮の名前こそ出していないが、推薦者にはそれなりの大物がついていた。また、渡グループには勝利後の主要閣僚ポストを与えることですでに合意していた。

「『安藤はいいが、小山内は信用出来ない……』という総理総裁経験者の台詞《せりふ》も耳に入っているが、もう終わった人のことはどうでもいい。寧《むし》ろアンチコピーを流してくれた方がこちらには有利になるかも知れないしね」

決選投票を前にして小山内は余裕の表情を見せていた。

「安藤君一〇八票、長谷川君八九票。よって安藤君を民自党総裁に決定しました」

決選投票結果は小山内の予想通りだった。結果が発表されるや、安藤と長谷川がにこやかな表情で握手するツーショットを押さえるべくマスコミ各社が殺到したが、一社だけは結果が判明した瞬間の小山内の一挙手一投足を狙っていた。しかし小山内は何の感情をも見せず、ポーカーフェイスで何事もなかったかのようにその場に座っているだけだった。そのテレビ局の官邸キャップが投票会場を出てきた小山内に訊ねた。

「小山内さん、予想通りの結果と見ていいのですか？」

すると小山内は表情を変えることなく答えた。

「結果は最後までわかりませんでした。何といっても野党の総裁ですから、これから総選挙のことを考えなければなりません。これからは一日も早く挙党態勢で総選挙に臨むだけです。もちろん、国会での党首討論も控えていますしね」

うまくかわされた格好の官邸キャップは苦虫を嚙み潰したような顔だった。それを見た小山内はキャップを気の毒に思ったのか、一言呟いた。

「これで、この国がきっといい方向に変わりますよ」

そしてこの映像の中で見せた小山内の笑顔は、小山内という人物が、全国区の存在へと飛躍していく布石となったと言っても決して過言ではなかった。

九月の総裁選以降、安藤グループの動きは、政策提言に始まり、衆議院総選挙での安定多数獲得、安藤の総理大臣指名から組閣、年度内の補正予算を組むまでスピード感をもって着実に行われた。これが国民に安心感を与えただけでなく、海外の同盟国からの支持も多く得ていた。その間、小山内は粛々と官房長官としての職務をこなした。

「内政では経済政策、沖縄問題、次期参院選でねじれ解消だな。期限は一年半というところかな」

小山内が大田に日程表を見ながら言った。大田は思わず小山内の顔を見た。これは秘書官に対するスケジュール調整だけでなく、警察庁長官に対するメッセージでもあることを大田は分かっていたからだ。

「たった一年半でそんなにできるものなのですか？」

「少なくとも最初の二つは道筋をつけるだけだが、何らかの結論を出すことになるだろう。そして参院選は戦争と同じだ。食うか食われるか。こういう時は徹底的に敵を叩き潰す覚悟で臨まなければならない。野党共闘を分断し、〝過去の亡霊〟は完全に葬り去る」

大田は小山内が言った〝過去の亡霊〟が誰であるかをはっきりと認識していた。かつて民自党の最年少幹事長として実権を振るい、民自党と袂《たもと》を分かってからは二度の政権交代を裏で演出してきた男だった。

小山内が早い時期から旧与党グループ、つまり現野党の協力関係を様々な手法を用いて分断してきたことは、前政権の官房長官秘書官時代にも警察庁からの情報として、大田の耳に入っていた。同時に、小山内という重要なキーパーソンの存在を前政権は全く認識していなかったことも大田は知っていた。それでいて大田は警察官の信条としての「不偏不党かつ公平中正」の信念の下、あえて官房長官に伝えてはいなかった。前政権の崩壊の予兆は世論調査以前に、既定路線として大田は彼自身の感性ではっきりと感じ取っていた。

大田は小山内に秘書官として仕えるようになった直後から、前任者とは政治的姿勢と力量に圧倒的な差があることを身にしみて感じていた。

小山内の朝は早かった。赤坂にある議員宿舎を出るのは午前七時が通常である。それから朝食を兼ねた勉強会を行い、遅くとも午前八時には官邸に入っている。さらに昼食時に一組、夕食とその後に一組ずつ、一日計四組の勉強会が平日は毎日続くのだ。

酒を飲まない小山内にとって会合や勉強会は相手の本音を聴く絶好の機会である。政治家だけでなく、財界人、官僚、マスコミ等との会合を休むことなく続けている。

ある時、大田が訊ねた。

「長官は毎日のニュースをいつ、どこで知るのですか？」

「ニュースは毎朝、テレビで見出しだけ見て知っている」

「見出しだけ……ですか？」

「朝六時半のニュースで、その日のトピックが箇条書きで示されるだろう？　出かける前にそれを見ている。重要な内容であれば官邸に連絡するし、そうでなければ、そんなことが起こっているのか……と知れば済むことだ」

「それだけですか？」

「それ以上の何が必要なんだ？　官房長官は全ての専門家である必要はない。ただそれが国家戦略として重要なことであれば、そこで専門家に聞けばいいし、後は主管大臣がコメントすればいいことだ」

「それで毎日二回の記者会見を行っているわけですか？」

　官房長官の重要な職務の一つが、平日は毎日行われる定例記者会見である。午前十一時と午後四時に官邸地下一階にある会見室で行うのだ。

「マスコミから聞かれて『知らない、わからない』ばかりでは能がないから、必要最小限のことは頭に入れている。知らないことを知ったかぶるのが一番危険なことであることは肝に銘じている。しかしこれも慣れだな。マスコミも、みな官房長官付きなわけだから特殊な内容のことまでは聞いてこないが、彼ら以上に知っていることを、あえて言う必要はない。彼らだって本当に知りたいことは会見の席ではなく、ぶら下がりで聞いてくる。そうしないと特ダネにはならないからな」

「なるほど……それで会見の後、必ず議員会館に足を運ぶわけですね」

「それもある。また会館には時折思いがけない客人が来ることもあるからな」

「官邸に表から入ることができない人とか……ですか？」

大田がふざけ半分に言うと、小山内も苦笑しながら答えた。

「官邸はやはり敷居が高いだろうからな」

国会議員も小山内ほどのクラスになると「清濁併せ呑む」度量が必要となる。小山内の後援会にも反社会的勢力こそいないが、これと密接な関係にある大手倉庫業者やパチンコ、スロット等の換金システムに関わる問題児もいた。後者は近い将来、国内数ヶ所に展開されるであろうカジノへの参入を目指して、警察ＯＢ議員や有力議員に擦り寄ることで、何かしらの利権を求めているのだった。

「確かに官邸の入口には多くのマスコミも詰めかけていますからね」

「マスコミも政治部だけでなく、社会部、経済部のメンバーもいるから、顔を晒したくない人物も多いんだよ。大田君は情報通だから私の周辺にいる人物はだいたいわかっているだろう？」

さりげない小山内の言葉に大田はハッとした。長期政権を支えるキーマンにとってスキャンダラスな人間関係の表面化は致命傷である。大田はさり気なくではあるが政務秘書官を通じて議員会館に面談にくる人物の素性を聞き出し、極秘裏に調査を行っていたからだった。

「長官の人脈があまりに広いので、時折心配になることはあります」

大田が正直に言うと、小山内も真顔になって答えた。

「地元の警察にもお世話になっているが、彼らの知らない世界も案外多いものだ。その点で警視庁公安部のような本来の情報機関が調べる内容は私自身も知っておきたいからな」

「確かに警備警察自体に都道府県の垣根がないのは事実ですが、公安部の情報というものは国の内外を通じて驚くべき内容のものがあります」

「そうだろうな。以前、うちに来ていた公安部員の情報は実に早く正確だった。ああいう人物が近くにいるというだけで一回生当時から、安心できると思ったよ」

大田は小山内の話を聞いて、その公安部員の顔を思い出していた。彼は現在すでに警視に昇任して公安部理事官、来春には署長となる現役の情報マンだった。

「公安部員が直接、長官のところに会いにきたのですか？」

「いや、当選したての時に通信社の記者が面白い男ということで連れてきたんだ。彼は当時公安部から内調に出向していた」

大田は当時の公安部員からの報告どおりであることを改めて確認でき、満足気に頷いた。

「おそらくその公安部員は長官の人物を見極めていたのでしょう」

「彼も偉くなったから、最近は滅多に会わないが、それでも何かあった時は連絡をくれる仲だ。ノンキャリだが人脈は相当広いよ」

「それが公安部情報マンの本来の姿です」

「本来のか……いい後輩を育ててくれればいいのだが、その後のメンバーはパッとしないのが残念だ」

「それが組織にとって一番の課題でもあります。情報の世界で生きる者ほど後進を育てる難しさをよく知っていますから」

そう答えながら大田は、今や公安部内では押しも押されもせぬ存在となった、その公安マンの顔を改めて思い起こしていた。すると小山内はそれを察したかのように訊ねた。

「大田君はその公安捜査官に心当たりがあるようだね」

「おそらく、青山望《あおやまのぞみ》警視のことかと思いますが」

「やはり知っていたか……彼は組織内でも認められているんだろう？」

「将来、警視庁組織を背負って立つ一人だとおもっております。ただし、この分野における後継者の育成は、青山警視をもってしても、なかなか難しいものかと思っております」

情報マンの育成に頭を悩ませている大田は、神妙な顔つきになって答えると、小山内がニヤリと笑って言った。

「それは大田君自身のことでもあるのかな？」

「私は情報マンではありません。彼らが得た情報を分析するだけで、自ら動くことはありません」

「ほう。最近、一人で議員会館を歩いているという噂も届いているが、違ったかな？」

大田の顔からスッと血の気が引いた。大田自身情報活動を行っているという感覚はない。しかし、周囲ではそんな見方をする者もいるのかも知れなかったし、それを事実とは違った形で吹聴している輩《やから》がいるのだ。大田ははっきりと答えた。

「私は官房長官に近づく不逞の輩を排除したいだけです。他の事務所の者と話をしたこともありません」

「そうか……まあ、人の口に戸は立てられない。気をつけたほうがいい。私自身にも新たな敵が早々に生まれてきているようだからな」

大田は黙って頷いた。小山内自身も党内外からのやっかみを十分に認識していることがわかったからだった。

第二章　一気呵成

「予想はしていましたが、民政党から引き継いだ官邸は悲惨なものですね」

「それは機能性の面ですか？」

「そうです。この態勢のままでは官邸を中心とした政治主導はできませんよ」

皇居正殿の「松の間」で執り行われた親任式及び認証式を終えて官邸に戻った内閣総理大臣の安藤を、官房長官を拝命した小山内が官邸五階にある執務室で待ち受けていた。

現行法的には、国会での首班指名を経ただけでは内閣総理大臣になったとは言えない。内閣総理大臣になるためには親任式において天皇からの任命を受けなければならないのだ。秘書官からの連絡で総理大臣執務室に入った安藤に、小山内が最初の挨拶もそこそこに切り出したのが冒頭の言葉だった。

安藤の総裁就任直後からすでに二人は、政権与党復帰後の官邸機能充実・強化の方策をあらゆる角度から検討していた。もっともその時点では、小山内自身、総選挙後に自分が官房長官に就くということは全く思考の外にあった。

「確かに毎年毎年総理大臣が替わっていたわけだから、『政治主導』という言葉自体が、妄言と言ってよい状況にあったことは間違いないでしょう」

「今度は長期政権を目指さなければならないわけで、そのためにも官邸の機能強化は絶対条件です。その前に、選挙前からくどいほど言っているとおり、健康第一ですけどね」

「そこは小山内さんにお任せします。ところで、どういう態勢を取ればいいというお考えですか？」

安藤は年長の官房長官である小山内とは、この半年間で阿吽《あうん》の呼吸である程度の政策協議は出来る関係になっていた。

「今回の組閣は実力者が揃っていますから、各省庁独自の事務は主管大臣に任せていいと思います。しかし、これから進めようとしている経済対策、沖縄基地移転等の対策、観光立国推進対策等は一省庁だけの判断でできる問題ではありません。相互の調整が必要です」

「その調整役は、官房長官でいいのではないですか？」

「立場上はそれでいいのですが、何分にも先輩議員も多いですし……」

「いや、それは官房長官にやってもらわなければならないことです。閣議をリードするのも官房長官の仕事ですし、一つ一つ迅速に進めて行くしかありません。官房長官の立ち位置をはじめにはっきりさせておきましょう」

安藤の判断は早かった。前回の総理大臣を一年という短命で失意のうちに終えてから約五年、体力的にも精神的にも余裕が出てきたことが小山内にはよくわかった。そして何よりも総裁選出馬を決めてからの、国家のリーダーを目指す学習に対しても驚くべき質と量を果敢にこなす姿勢をみせていた。

「経済政策は第一ですが、その前にアジアの友好国に対するビザの緩和を進めましょう」

「友好国の順位はどうしますか？」

「まず、タイ王国については撤廃する方向で進めましょう」

「国交省、法務省、警察庁との調整が必要ですね。特に法務、警察は反対の声を上げるでしょうが、そこは押し切る形で総理から各大臣に指示を出してください」

これまで多くのリーダーが「政治主導」を表明してきたが、結局は霞ヶ関の抵抗の前に、ほとんどが掛け声倒れになっていた。それは各省庁の垣根を越える調整が閣僚たる政治家の間ですら出来なかったのが原因だった。

「小山内さん、三大臣に対して、指示をお願いします」

安藤はビザの一部撤廃がさも決定事項であるかのように小山内に伝えた。

ここからは小山内の正念場である。まず三大臣に指示を伝えなければならない。特に強硬な反対が予想される警察庁に対しては長官への予《あらかじ》めの根回しも必要だった。小山内は個別に大臣を官邸に呼び込んだ。閣議の後に三大臣に対し、まとめて話をするのも可能だが、それでは総理の意志を確実に伝えるのは難しかったし、そこで三大臣が一斉に異議を唱えることも想像できたからだった。

「大臣、ビザ発給の一部撤廃と緩和を行います。まずタイ王国に対して来月末を目処に観光ビザの撤廃を実施したいと考えていますので、主管課に対して通告をお願いします」

国家公安委員長を命じられている大臣は焦った。彼はかつて副大臣当時にこの案件について学習した経緯があったからだ。

「官房長官、その目的を教えて下さい」

「観光立国を目指す上での第一段階です」

国家公安委員長は驚いた顔をして小山内に訊ねた。

「観光立国と国内治安の安定に関して、どちらを優先するお考えなのでしょうか？」

「両方ですよ」

小山内の回答はにべもない。

「不良外国人の流入は一気に国内治安の悪化を招きます。ある程度の均衡を保つ必要があるのではないかと考えますが、いかがでしょうか」

「日本警察は優秀なんでしょう？」

「それはもちろんです。世界でもトップクラスのレベルと確信しております」

「それなら大丈夫でしょう。外国人がいないところでいくら治安の維持ができたところで、それは優秀という評価には当たらない。そういう環境にあっても治安を維持できるところに世界に誇れる日本警察の姿があるんじゃないですか？」

「理屈はそうかも知れませんが、実際に日本国民が不安を抱いてしまうのではないでしょうか？」

「そうさせないのが警察でしょう？　それに、この数年でタイ王国からの観光客で犯罪を犯した人が何人いるのか把握できていますか？」

国家公安委員長は、小さい声で「いえ」と答えたのみだった。

「長期デフレを脱却するため、三本柱をもって名目経済成長率三パーセントを目指す」

安藤新政権は日本再建のための経済政策を「財政出動」「金融緩和」「成長戦略」の三本立てで進めることを表明した。

「派手にぶちあげたが、ばらまきによる『財政出動』『金融緩和』は一時的なカンフル剤にはなろうが、借金が増えるだけだからな……いくら消費税を上げても財政規律が崩壊しかねない」

官邸の執務室ではなく、議員会館事務所内の議員室を訪ねてきた経済に詳しい識者が小山内に言った。

衆議院議員会館は国会議事堂の裏手にあり、南側から第一、第二の衆議院議員会館、そして参議院議員会館の三棟が建っている。

小山内の議員会館事務所は第一議員会館最上階の十二階にあり、首相官邸を見下ろす位置にあった。官房長官就任以来、小山内が議員会館に足を運ぶ機会はめっきり少なくなっていた。

小山内が議員会館で面談する機会はほとんどない。極めてオープンな性格の小山内は、官邸五階にある官房長官執務室や官房長官応接室で面談するのが常である。ただし、官邸で人と会うのはすべてマスコミに察知されることを暗黙の了解としておかなければならなかった。なぜなら、官邸五階で実質的に隣り合っている総理執務室と官房長官執務室は外廊下にあるマスコミ用カメラで常時撮影され、その画像は三階にあるマスコミの待機室にあるモニターに流されているからだった。新聞各紙や通信社が公表する「首相の一日」などと題する欄に官邸での接客情報が記されるのは、マスコミによる監視の成果であった。もちろん、マスコミも来客のすべてを面割できるわけではない。このため、秘書官や総理本人に対して遠慮なく「今の方はどなたですか？」と尋ねるのが常だった。

この日、議員会館で面談したのは、この識者の意向を踏まえた結果であって、小山内本人の意思ではなかったのだが、これがマスコミに漏れることはなかった。

「しかし、これはどうしてもやらなければならないことなんですよ」

「お気持ちはお察しします。しかし、労働者の賃金が上がらない限り、経済は回復するものではありません。まさか、官房長官ご自身が民間企業のトップに対して『給料を上げろ！』なんて言うことはできないでしょう？」

「いえ。私は毎日、直接お願いの電話を入れていますよ」

「えっ……本当にそんなことまでしているのですか？」

「当然でしょう」

こともなげに言う小山内の顔を識者は呆然と眺めていた。

「それは政治的圧力とかいう問題にはならないのですか？」

「いや、私は圧力をかけているわけではありません。単なるお願いです。給与が上がらない限り消費の拡大はないわけです。増税前の駆け込み需要でも何でも結構。国民に消費意識を持ってもらうためには、その原資が必要でしょう。それ以前に給与が上がったという実感がなければ意味がありません」

小山内は淡々と答えた。識者もまた実に素朴な質問を投げかけていた。

「なるほど……では、大規模な金融政策について伺いたいのですが、金融緩和で流通するお金の量を増やすことにより、デフレマインドを払拭する手法が果たして海外の理解を得られるでしょうか」

「まあ、円安誘導という批判をするのは欧米ではドイツ、近隣では中国、韓国あたりでしょう。しかし、ドイツはヨーロッパでは一人勝ちですしね。対ユーロというよりもユーロ圏内の格差是正の観点から言っているだけだと思いますよ」

「近隣の中国、韓国に対してはどう見ているのですか」

「両国とも自国の経済を立て直すことに専念しなければならない時期ですから、そちらが片付いてから言ってください……というところでしょう。特に韓国は財閥一極集中の資本体質ですから、財閥以外の企業をどう活性化するのか、お手並み拝見というところですかね。中韓が一体となって良い経済体質を築くことができればいいと思いますよ」

「そんなことができますか？」

「今、そうしようとなさっているようですから、日本が口を挟む問題ではないですね」

小山内は表情を変えずに続けた。

「いかなる国も、経済政策というものは他国を云々する前に、まず自国が対処法を考えるべきです。日本はこの数年間、世界中からいいように食い物にされてきた。今回は、それをようやく正常な形に戻すことに決めたということです」

「二パーセントのインフレ目標、無制限の量的緩和、円高の是正、日本銀行法改正と次々に手を打っていますが、勝算あってのことなのでしょう?」

「やってみなければわからないような経済政策はやりませんよ。周到に準備し粛々と進めていくだけです」

小山内は識者の言葉を一つ一つ頷きながら聞いて、一呼吸置いて話す、彼独特の話術を貫いていた。決して感情を表に出さず、オフレコの場でも一切の失言もなかった。

「機動的な財政政策というと、当然、予想されるバラマキ批判にはどう応じますか?」

「確かにバブル期には用もない箱モノを散々作って、国家的な不良債権を多く生んでしまった反省はあります。ただ今回は、東京オリンピックの行方は別にしても、観光立国として新たな国家戦略に基づき、東京一極集中ではなく、幅広く質の高い公共事業を推し進めていくことになると思いますよ」

「なるほど……仮に東京オリンピック開催が決まったとしても、その効果を東京だけでなく、日本中に波及させる、世界からの観光客を日本各地へと誘導する取組が必要だというわけですね」

「そう。しかも環境に配意した、日本らしさを強調していく必要がある。例えば外国の人々も使いやすいトイレの設置なども文化を示すポイントではありますね。一口に公共事業がバラマキというのではなく、ここでもトータルコーディネートが大事なんですよ」

大田はこの光景を間近で見ながら、識者を相手にしても、政治家としてのスタンスからビジョンを示そうとする小山内の姿に「この人は何に対しても本気なんだ……」と改めて感じ入っていた。

大田は自らの人事異動の凍結を官房人事課から伝えられた時、小山内の為に一命を賭して働く覚悟を決めていた。もしこれを小山内が受け入れず、警察庁に戻ることになった時は即ち、大田の警察官僚としての将来が消える時といっても決して過言ではなかったからだった。

小山内が大田を評価したのは、大田の類まれな情報収集能力とその分析力だった。四人の官房長官秘書官の中でも、警察という組織がバックにあるだけで相当な情報がもたらされるのだが、大田の場合には警察情報のみならず、マスコミ情報や時にはブラックジャーナリストからのアンダーグラウンド情報までも含まれていた。

「再来週あたりの週刊誌ネタになるかも知れませんが……」

小山内にそう切り出すときの大田の情報は常に的を射ていたし、小山内が独自に持っている様々な情報網よりも早く、かつ正確だった。

小山内はそんな大田の姿勢を数週間で受け入れ、そして官房長官秘書官としては異例の長期勤務を警察庁長官官房に指示した。大田にとって、これは地獄の淵を垣間見ながら蜘蛛の糸で引き上げられているような感覚だった。小山内が苦労人ならではの人間味で、大田の立場をよく理解し、大田の真摯な姿勢をも評価した結果だった。そして警察庁のトップもまた小山内の懐の深さを、小山内に対する一種の恐怖感と共に感じ取っていた様子だった。その背景には警察出身の事務担当官房副長官の存在があったことも大きく影響していた。

「後任の最高裁判事の名簿を蹴ったということですが本当ですか?」

新政権が出来て一ヶ月も経たない一月半ば、政務担当の官房副長官が官邸五階にある官房長官室に慌てて入ってくるなり小山内に訊ねた。

官房副長官ポストは二種類ある。

内閣官房は官僚組織としては、すべての府省より上位に位置する組織とされる。このため、事務担当の内閣官房副長官は、認証官であり官僚のトップとされ、旧内務省系の総務省、厚生労働省、国土交通省、警察庁の事務次官、長官経験者から任命されることが多い。さらに政務担当の官房副長官は国会議員から二名が選ばれている。

「本当だ。何か問題があるのか?」

小山内は平然と答えた。すると党の広報局長を経験したこともある四回生議員の官房副長官は眉間に皺を寄せて言った。

「これまで、霞ヶ関人事に官邸が口を挟んだことは何度かありますが、何分、最高裁判事の人選にノーを出したのは初めてのことで、三権分立の立場もありますし……」

「君は何を言っているのか？　最高裁判事の人事を決めたのは最高裁判所ではない。法務省の役人じゃないか。それに官邸がノーを言っても何の問題もないだろう」

「それは確かにそうですが……司法の世界に行政が口出しするのはいかがなものかと思いまして……」

「最高裁の決定に文句を言っているわけではない。司法に携わろうとする一般人の人選に苦言を呈しただけのことだ。行政を預かる者としては当然のことじゃないのか」

小山内は一歩引くどころか、さらに強い口調で言った。小山内が部下に対して「君」という言葉を使うのも珍しかった。官房副長官が二の句を継げず立ち尽くしていると、小山内は続けて言った。

「省庁から出てくる人事は決め打ちで、この人で行きたいという形で来る。だから『決め打ちはダメです。そこは政治家が決めるんですよ』と言ってやらなきゃならないんだ。それが権力と言うものだ。〝権力の濫用〟でも何でもない。最高裁判事の人事でさえノーと言われれば、他の人事も慎重になるだろう。これからは内閣官房が人事を積極的に行うつもりだ」

「すると、各省庁の人事にも大きく影響を及ぼす……ということですか？」

小山内はそこまで言うと「他には？」と言って官房副長官に無言の退出を促した。官房副長官はただ頭を下げて退出するしかなかった。

「当然だ」

総理大臣官邸、通称首相官邸もしくは単に「官邸」は、二〇〇二年に現在の建物に変わった。旧官邸は総理公邸として一部を建て替え、敷地内に残されているが、現総理はここへの居住を断っていた。

官邸は地上五階、地下一階建てで、総理、官房長官、官房副長官のトップスリーの執務室は五階にあった。一見すると官邸は地上三階建てに見えるが、これは衆参議員会館同様、永田町の斜面に建設されており、国会議事堂の衆議院南西端にある官邸前交差点から見ると、建物の上部しか見えない構造になっているからである。

テレビニュース等で総理が担当記者たちに囲まれて、ぶら下がりと呼ばれる短いコメント取材をする場所は、建物の三階に当たるのだ。

通常総理は、そこから専用エレベーターを使って五階にあがり、建物の正面から見て右手にある総理執務室に向かう。

総理執務室は官邸の廊下から、さらにその内側にある内廊下を隔てたところにあり、官房長官室とは内廊下でつながっている。外側の廊下は、総理への訪問客を確認したがるマスコミも注視しているが、内廊下の通行は内部のごく限られた者しか知ることが出来ない。

大田が呼ばれたのは政務担当内閣官房副長官がアタフタと退出してすぐのことだった。秘書官室は官房長官室の隣にある。秘書官室には五人の職員が詰めており、そのうち一人は小山内事務所から政務秘書官として官邸に入っている政策担当秘書の村上《むらかみ》だった。村上もまた官房副長官が汗を拭きながら官房長官室から出て行くのを、彼らしく冷静な目で見ている様子だった。村上が立ち上がった大田に笑顔を見せて言った。

「霞ヶ関と全面戦争になるかも知れませんよ」

「戦争ではなく、官房長官の場合には意識改革を求めているだけでしょう。霞ヶ関と喧嘩をしても内閣として何のメリットもありませんから」

「大田さんはいつも冷静ですね。もう少し驚くかと思っていました」

「一ヶ月も一緒にいれば、ある程度の政治感覚はわかってきます。と言っても、私自身、個人的に国会議員の方と付き合ったのは、この任務に就いてからのことですけどね」

そこまで言って大田は官房長官室の扉を二回ノックして執務室に入った。

小山内がデスクに座って手書きらしきメモ紙を眺めていた。

「ご用件は何でしょうか？」

「ああ、内調経由でない情報が欲しいんだが」

「公安情報ということでしょうか？」

「そう。警視庁公安部の情報を知りたい」

「いかなる案件でしょうか？」

「国家公務員の身体検査をしてもらいたい。これがそのリストだ」

小山内は手にしていた手書きのメモを大田に差し出した。そこには省庁名と課長級の女性キャリアの名前が十数人分記されていた。大田は小山内の考えがすぐにわかった。現政権が声高に訴えている、女性の社会進出に関わる人事要員のリストなのだろう。そこには警察庁の女性キャリアの名前もあった。

「わかりました。四日は要します」

「構わん。どんな些細なことでも報告してくれ」

大田は小山内が内調を通さず調査を依頼した意味がよくわかった。

内調とは内閣官房内閣情報調査室の略称である。官邸が持つ唯一の情報機関であるが、その多くが他省庁からの出向者で占められている。しかも、内調のトップである内閣情報官は警察庁警備局出身で公安警察のエキスパートでもある男で、そのクールな性格から「官邸のアイスマン」とも揶揄《やゆ》されている存在だった。言うまでもなく、小山内が官房長官就任一ヶ月ですでに内調の内部事情まで把握しているからこその指示だった。

秘書官室に戻るまでに手書きメモを内ポケットにしまい、大田がデスクに着くと村上が屈託のない笑顔を見せて言った。

「代議士は大田さんを信頼しているみたいですよ」

「ありがたいことです」

「何よりも、仕事が正確で早いところを評価しているようです。私も時々、無理難題のような下命を受けることがありますが、その時代議士に必ず言われるのが『できるのか、できないのか。できるならいつまでにできるのかを言え』ということです。ああ見えて案外、せっかちなんですよ、代議士は……」

「あれだけ分刻みの仕事をされていたら仕方がないことでしょう」

大田は前任の官房長官との仕事の質、量ともに圧倒的な差を見せつけられたこの一ヶ月をゆっくり振り返る暇もないのが実情だった。

「今回代議士は内閣情報官、総理秘書官、そして官房長官秘書官の大田さんを替えていないでしょう。それには事務担当官房副長官の意見を聞いておられた様子ですよ」

「松岡《まつおか》官房副長官ですね。私にとっては殿上人に当たる方ですよ。まさか松岡さんが官房副長官に就任されるとは思ってもいませんでしたから。歴代の警備局長の中で抜群の能力が伝説のように言い伝えられています。私の知る限り、他にそんな方はいらっしゃいませんからね」

「そんなに偉い人なんですか？　あの松岡さんという人は……」

「偉い……という表現が正しいかはよくわかりませんが、稀有な才能という点では、少なくとも警備局の間での評価は一致していますね」

村上の言葉は、自らの人事に関して大田の頭のなかにあった霧を追い払ってくれたようで、むしろ誇らしい気持ちになっていた。

「大田さんは秘書官を終えたらどこに異動されるのか、だいたいの見当はついているのですか？」

「まあ、小さな組織ですからある程度の想像はつきますね」

キャリアの人事は一年先輩を追い越すことはない。ここがノンキャリとキャリアの大きな違いだった。下克上というものがないのだ。

「なるほど……ウルトラCはない代わりに、先を読むことはできるわけですね」

「同期生から警察庁長官、もしくは警視総監になるのが一人ですから、だいたい二十分の一の確率です。あと二回の人事でだいたい将来が見えてきますすね」

「それはそれで厳しい世界ですね。でも天下り先は用意されている……」

「それもまた事実ですね。一般企業でも役員の退職は六十五歳でしょう？　我々は六十前で退官するわけですから、退職後の仕事を五、六年はなんとか面倒を見てくれているのが実情でしょう」

「でも、警察ＯＢは結構自前で会社も作っていますよね」

「ほとんどが警備会社か危機管理関係のコンサルティング会社でしょう」

「それでも、全国ネットで仕事があるのは大きいでしょう？」

「今はそうでもありませんよ。個人情報保護の観点から、反社会的勢力以外の前歴者情報も教えてもらえなくなった……。かつてのように警察ＯＢが優遇された時代は終わりましたからね。それよりも村上さんは将来政治家を目指されていらっしゃるんですか？」

ふと大田は政治家秘書という職業について訊ねてみた。

「そうですね……時期が来ればやってみたい職業です」

「その点では、やはり、小山内官房長官のように世襲でない国会議員の方がやりやすいですか？」

「最初から国会議員を目指そうとは考えていません。よほどのバブルでも起こらない限り、そういうことはないでしょうね。すでに過去のバブル議員の多くは政治家としての職を失っています」

「そうでしたね……新人議員が八十人を超えた時期もありましたからね」

大田はその当時のことを思い出していた。圧倒的な指導力をもつリーダーのもと長期政権が期待された選挙で、国民は大きく投票行動の舵を切ったのだった。しかし、素人以下の新人国会議員が粗製乱造された弊害もまた大きかった。結局、国民に愛想を尽かされた民自党は、野に下り、政権交代を果たした民政党は、政治主導の空しい掛け声のもと社会を大混乱に陥れ、あの大震災と津波、さらには原発事故という未曾有の国家的危機に直面し、何もできなかった。その結果、再び政権は民自党が奪還し、安藤と小山内が官邸に入ることになったわけだが、その時点で国民の政治意識は崩壊寸前だった。

そんな状況にあって、これまで表舞台には出てこなかった小山内という男は、現政権の黒衣《くろご》に徹し、かつてキングメーカーとも言われていた長老たちを適度にあしらいながら、政権の盤石化を確実に進めているのだった。村上が自嘲気味に言った。

「うちの事務所は変わっていて、選挙が終わる度に秘書全員が一旦辞表を代議士宛に提出するんです」

「えっ。そうなんですか?」

大田も初めて聞く話に思わず驚きの声を上げた。

「小山内は生涯一秘書を認めていない人なんです」

現政権には世襲議員が多いが、なかには三代にわたって仕えている秘書もいる。当然、党内の秘書会でも長老であるし、党本部や都道府県連本部でも二、三回生議員よりも遥かに大きな権力と実力を持っている。それは即ち霞ヶ関だけでなく地元企業や地方議会に対して長年培ってきた人脈の差だった。過去には総理秘書官となったことにより、自分まで偉くなったように勘違いして、世間の失笑を買った、たわけ者もいたが、現在はそんな愚かな者は姿を消した。その最も大きな理由は政治家本人が金集めをしなくてよくなった政党助成制度というものができたからで、金を集めることができる秘書が力のある秘書、という風潮はなくなった。

「すると、秘書をやるメリットは何なんですか？」

「政治の場に身を置いて、自ら地方議会進出のチャンスを摑むか、代議士とのパイプを活用して自ら起業するかのどちらかですね」

「起業……ですか？」

「そうです。代議士を支援している会社のお世話になることは、代議士自身に余計な負担をかけてしまいます。ですから、まず己が起業してみること。そして経営者としての実力を身につけることが大事なのです」

「しかし、それはなかなかハードルが高いのではないのですか？」

「ですから、秘書業を通じて自ら見出すだけの才覚がなければ、小山内代議士の下で働く資質がないということなのです」

「小山内代議士の秘書には霞ヶ関の役人を辞めて入った方も以前はいたのではないですか？」

「はい。彼も起業して、現在は社員が十五人いる会社の社長になっています。それほど小山内代議士の周囲には情報が集まるのですよ」

「村上さんははじめから小山内さんの秘書ではないですよね？」

「はい。私が最初に付いた代議士が引退した関係で、県連を通してご紹介いただいたのです」

「そうでしたか……でも、小山内さんの目に留まるというだけでも社会的信用は大きいですね」

「タイミングが良かったのは幸運だと思っています」

大田は村上が包み隠さずに話してくれたことが嬉しかった。大田は事前にその情報を得ていたからだった。

「そうなると小山内さんの政策担当秘書は試験合格者しかいないわけですね」

「それが小山内代議士のポリシーです」

政策担当秘書は法的には特別職国家公務員であり、国家公務員I種と同等以上の難易度の試験に合格することが課される。しかし実際に政策担当秘書に求められる仕事の大部分は選挙対策であり、政策面で求められることは少ない。

「ただ政策担当秘書という職業は、政治に対して志を持った人の多くが去ってしまう制度になっているのが残念ですね」

「大田さんのように国家I種合格者の、いわゆるキャリアという人から見ればそう見えるでしょうね。公設秘書よりも長老格の私設秘書が実権を握り、霞ヶ関の官僚も政策担当秘書試験合格者をほとんど評価していない。むしろ、議員に近い私設に頭《こうべ》を垂れる傾向がありますからね」

「しかし、その悪しき風習を実際に打破しようとしているのが小山内さんであり、霞ヶ関の目も徐々に変わりつつありますよ」

「それには我が党も姿勢を改めなければならないと思います。国会は立法府です。国会議員の最大かつ本来の仕事は国民のためになる法律を作ることにあるわけです」

「同感ですね。アホな議員は速やかに去ってもらい、これを選んだ選挙民はその責任を取ってもらう、くらいの政治に対する責任を国民が持つことも大事です。そうでなければ組織票を持つ団体だけが物申す、怪しい国家になってしまいますからね」

大田はこれまで国家に対して持っていた不満の一部をさらけ出したが、村上はこれを正面から受け止めていた。このような話ができる国会議員やその秘書は、大田が知る限り全国会議員の一割にも満たないのが実情だった。

大田は小山内事務所の政治意識と姿勢を教えてくれた村上に感謝して会話を打ち切ると、デスク上のパソコンで警視庁公安部公安総務課長に対してメールを打った。大田自身もチヨダの理事官から公安総務課長を経て警察庁人事企画官に異動という経歴の持ち主でもある。

チヨダが属する警察庁警備局警備企画課には庶務担当理事官と情報担当理事官の二人がおり、後者を一部マスコミは裏理事官と呼んでいる。チヨダはもともと、陸軍中野学校の跡地である旧警察大学校敷地内にあったことで、通称「サクラ」と呼ばれていたが、霞ヶ関に移転して以来、その場所が皇居に面していたことから「チヨダ」と呼称を変えていた。

チヨダの理事官は全国公安警察の総元締であり、あらゆる公安情報はここに集結する仕組みになっているため、公安セクションを持つ警備局のエース的存在の警視正が就任している。

現在の公安総務課長は警察庁採用年次で四年後輩になっていた。もちろん、このメールは複数のプロテクトがかけられた警察庁専用回線で、外部からの閲覧は不可能と言ってよかった。

公安総務課長からの返信が届いたのは二日後の朝一番だった。

「なるほど……いろんな人間がいたものだ……」

メール内容を確認すると、大田はその全文を数分で完全に記憶した。大田が小山内に報告する場合はすべて口頭であり、一切の文書を残さないのが警備局で培った姿勢だった。

小山内は赤坂にある議員宿舎から朝の会合をこなしてＳＰとともに毎日午前八時には

官邸に入っていた。そして最初の報告を行うのが小山内の政務秘書官兼政策担当秘書の村上で、その次が大田という順番である。当然、当日の日程等は昨夜のうちに十分刻みのＡ４の日程表が手渡されている。

「官房長官、先日お尋ねの調査結果が判明致しましたのでご報告致します」

執務室のデスク前で、小山内から預かったメモを手渡して報告しようとすると、小山内が珍しく大田に応接用のソファーを勧めて言った。

「その話はゆっくり聞こうか」

八人がけの応接セットの上座に小山内が座ると、向かって右側のソファーに大田が座った。

「それで……」

小山内との問答はだいたいこの言葉から始まる。

「はい。十四人中、五人に問題があります」

「結構、確率高いな……ま、聞こう」

「まず、最初の財務省主計局の高橋《たかはし》課長ですが、学生時代に革命政党の下部組織である青年同盟中央委員会の書記を務めています」

「ほう。アカだったたか……。活動は派手だったわけだな？」

「東大支部の委員長です」

「そんな奴が主計局にいるのか……早めに排除しなければならんな」

「はい」

「次は？」

「次に、厚生労働省健康局の内田《うちだ》課長ですが、父親が医療法人豊明会の事務局長で、来週中に身柄を取る予定と聞いております」

「豊明会……あの豊畑《とよはた》のところか……それは政治資金規正法違反か？」

「それに加えて贈収賄容疑も含まれております」

「そうか……内田は目玉の一つに考えていたんだがな……」

小山内は憮然とした顔つきになって言った。

「次は外務省国際協力局の進藤《しんどう》課長ですが、一族を含め、彼女自身も熱心な世界平和教の信者で、彼女の兄は教団の幹部です」

「やっぱりそうか……外務と法務に世界平和教信者は多いからな……次は？」

「文部科学省生涯学習政策局の柴田《しばた》課長は極左暴力集団の構成員です」

「極左？　学生運動をしていたのか？」

「未だに逃走者支援を行っています」

「そんな奴が生涯学習とは皮肉な立場だな……警察は逃走幇助《ほうじょ》で捕まえないのか？」

「もうしばらく泳がせた方がいいという判断のようです」

小山内が黙ったところで大田が言った。

「それから、警察庁の立川淑子《たちかわよしこ》ですが……県警本部長への登用をお考えなのではないかと思いまして」

「そのとおりだが、彼女ではダメなのか？」

「県警に負担が大きいと思われます。あと二年お待ちになれば適正な人材がいるかと思いますが、彼女を県警本部長にするのは時期尚早かと思います」

「そうか……しかし、あと二年は待てないんだ。警察という男社会の中で女性が登用されることが社会的なインパクトを生むんだ。神輿《みこし》に誰が乗っても、それを支えてきたのが警察のいいところじゃないのか？」

大田は二の句が継げなかった。小山内の地元県警本部が再三不祥事を引き起こす原因をよく知っていたからだった。すると小山内はそれを見透かしたかのように言った。

「二代も三代も続けるわけじゃない。県警に相応の負担がかかることは承知している。次の人事で県警の苦労に報いるようにするし、警務部長に対しても相応の配慮をするつもりだ」

呆れた顔つきで小山内の顔を見ていた大田は、自分の背中にツーっと汗が流れるのを感じていた。「この人は何から何まで知り尽くしているんだ……」

小山内の地元県警で多発する不祥事の最大の原因は警察庁の本部長人事にあったから

だ。かつて、その県警本部長に刑事局のガン、警備局のガンと呼ばれた二人が二代続けて就任したのだった。

キャリアというのはたった一度、国家公務員試験上級甲種、第I種、総合職と変遷してきた試験に合格した者である。当然のことながら人格、協調性、指導力は採用時点では全くの未知数なのである。そして、採用した以上、よほどのミスでもない限りクビにはできない。各省庁とも年に数人は不出来の人材が残ってしまうのだ。問題なのはこの不出来キャリアの人事配置である。警察庁の場合でも、かつて、キャリアの早期退職制度が充実しているうちはまだよかった。同期生の一人が本庁の局長になった時点で、他の同期生は退職して後進に道を譲ったからだ。このため人事の玉突きはスムーズだった。しかし、霞ヶ関役人の天下り問題が表面化したことにより、ほとんどの者が退職年限ギリギリまで組織に残るようになってしまった。このため、本来ならば県警本部長にしてはならないような不出来キャリアが一度ならず二度までも県警本部長に就いてしまった。その点、警視庁、北海道、京都、大阪の一都一道二府にはそれなりの者が就くため、トップ人事による弊害は少ない。

小山内の地元に二代続いた不出来の本部長は、揃って単なる好き嫌い人事を断行した。刑事局出身の本部長は主要ポストを県警刑事部出身者で揃えた。さらにこの後に就いた警備局出身の本部長は、人事を警備部出身に一新した。このため県警内の幹部は組織に対して疑心暗鬼になってしまった。さらには上層部の理不尽な異動を数年間にわたって見てきた部下たちは組織や県民のことよりも上司の機嫌を伺うことに専念するようになり、ついには不祥事という形で問題が表面化するようになっていったのだった。きわめつけは本部長のパワハラによる警務部警視の自殺だった。「数十年間は回復不能」なこの県警の立て直しには何代か人物的に優れた者が送り込まれたが、未だに負の遺産は根強く残っているのが実情だった。

「彼女は私の三年下になります。官房長官ご自身も彼女に関する情報をお持ちだと思いますが」

「うん。私も元公安部の知人から、待った方がいい旨の回答を得ている。ただ、彼女が内閣参事官の頃はよくやっていたじゃないか」

「内閣参事官は組織のトップではありません。さらにその後は本庁管理官です。もうワンステップあってもいいかとも思います」

小山内は珍しく厳しい顔になって言った。

「大田君、人事は政治だ。県警のトップに女性が就くということは警察庁だけでなく、民間にも大きく影響を及ぼすことなんだ。目を瞑れとは言わん。県警の諸君には彼女の持つ厳しさや、理不尽な要求を突きつけられることがあるかも知れない。そこをナンバーツー以下が巧くクッションになってもらいたいんだ。内閣総理大臣だって、立派な奴ばかりじゃなかったろう」

厳しい顔が突然、お茶目な顔に変わっていた。小山内の真骨頂とも思える独特のパフォーマンスだった。確かに引きつけられる華を持っている……と大田は感じていた。実際、選挙区の女性票はこの笑顔で獲得しているという評判もあった。

「わかりました」

大田が口元に笑いを見せて頭を垂れると、小山内が元気な声で言った。

「よし、これで一気に進めるぞ」

現政権が手始めに行った女性登用人事は驚くべきものだった。

「女性二人目の事務次官か……それも地方大学出身だしな」

大田は植田から国家公務員異動内示を聞いて唖然とした。

「やるやるとは聞いていたが、ここまでやるとははっきり言って驚いた」

植田もこの人事にはいささか驚いた様子だった。なによりも就任予定のこの女性事務次官は検察の違法捜査被害者という立場で一世を風靡した人物だったからだ。

「しょっぱなから尺玉を打ち上げたようなものだな。省の人事担当者だけでなく、担当大臣も腰を抜かすくらい驚いただろうが……財務省、法務省は面白くないだろうな」

「あの省に女性事務次官が誕生したということは、民間企業に対しても無言の圧力になることは間違いない。そして来月はうちの異動だ」

「ああ、女性初の県警本部長の誕生だな。無難に乗り切ってもらうことを祈るしかない」

大田は小山内の巧みな駒の打ち方に感心するしかなかった。

霞ヶ関の人事異動は春と秋の二度、大きく行われる。この二人の異動は秋の異動を前倒ししたもので、各省庁の人事担当者にとっては、秋本番の異動の見直しをしなければならないことを意味していた。

「女性の積極的登用がないような省庁は、自ずと予算も減っていくでしょうね」

小山内は公式な記者会見で平然と言ってのけた。

秋の人事異動の後に待っているのは、次年度の予算獲得に向けた各省庁の動きだったからだ。

第三章　巨大利権

「先生、随分お見限りでしたこと」

「そう言うなよ。党の役員というのは、そんなに暇じゃないんだ」

銀座七丁目の雑居ビル八階にある「クラブ　えむ」の一番奥にあるボックス席では民自党幹事長の長谷川が赤ら顔で美人ママの誉れ高い高橋江里子《たかはしえりこ》と四人のホステスに囲まれてご満悦だった。高橋江里子と長谷川の関係は政治記者の間でも公然の秘密と言えるものだった。

普段は着物姿で接客する江里子だが、長谷川が来るとわかっている時はスーツ姿と決まっていた。しかも彼女の抜群のプロポーションと日本人離れした見事な脚線美を周囲に見せつけるかのような膝が見える程度の長さのタイトスカートだった。

長谷川は江里子を隣に座らせ、時折、膝蓋骨がクッキリと出た、格好のいい膝頭を撫でるのが常連客というより公然の間柄ならではの仕草だった。

長谷川の席には必ず一番の新人も同席するしきたりになっていた。

「初めまして。木綿花《ゆうか》と申します」

見るからに新人らしい初々しさがある、長谷川好みの色白で薄い唇の若いホステスが差し出した名刺に目をやって、長谷川が訊ねた。

「変わった源氏名だな」

「いえ、これは本名です」

「木綿花が本名なのか……ご両親は相当な文学的才がある方なんだろうね」

「両親ではなくて祖父が考えたいくつかの名前から母が選んだそうです」

「ほう。おじいさんがね……なかなか若々しいセンスをお持ちの方なんだね」

長谷川は大きくせり出した木綿花の巨大なバストに目を奪われながら、目元と口元に猥雑な笑いを含ませて言った。

「祖父は大学で文化人類学の教授をしていました」

「文化人類学……失礼ながら大学はどこで？」

「東京大学です」

「ほう？　僕の母校で文化人類学の教授と言うと……佐々木《ささき》哲郎《てつろう》先生が有名だが……」

「よくご存知ですね。私の祖父です」

木綿花が笑顔で答えると長谷川が気を良くして言った。

「佐々木哲郎先生は文化功労者だし、僕も駒場時代に一般教養で履修して、優をもらった恩師でもあるんだ。そうか……佐々木哲郎先生のお孫さんか……昼間は何かやっているのかな？」

長谷川の日頃の神経質そうな話し方が影を潜め、穏やかな口調ではあったが身を乗り出すような姿勢になって訊ねた。

「昼間は学生です」

「おじいさんと同じ大学？」

「いいえ、私はそんなに頭はよくないです。幼稚舎からずっとエスカレーターで上がってきました」

「ふーん。慶応か……学部は？」

「経済学部で主に金融システムを学んでいます」

「慶応の経済は花形じゃないか……何年生？」

「四年です」

木綿花に対して明らかに興味を持ったことを隠そうともせずに話し込む長谷川を眺めながら、江里子が長谷川のグラスをハンカチで拭いた。長谷川は実に神経質で、スチューベン製のマイグラスの表面に水滴が付くと、決してグラスに手を付けないことをよく知っていた。江里子の所作で暗黙の了解でもしたかのように長谷川がグラスを手に取ってバランタイン三十年のロックを喉に流し込んだ。しかし、長谷川の視線は一向に江里子には向かわず、こまめに木綿花の顔とバストを行き来している。江里子が木綿花に「先生、お願いね」と言って立ち上がろうとすると、長谷川はようやく我に返ったかのように江里子の手を握ってゾンザイに言った。

「どこに行くんだよ」

「ご挨拶よ」

「新しい客は来てないじゃないか」

「二組いらっしゃってるの。ご挨拶だけよ」

江里子は長谷川の弱点をよく知っていた。それは政治家としてだけでなく、社会人、男としての弱点でもあると感じ取っていた。優秀過ぎた政治家の父親に対するコンプレックスの影響か、時折、一匹狼の政治家同士で行動を共にする傾向がある。そしてその仲間たちと会った直後には必ず、誰に対してもゾンザイな態度を示してしまう。わかりやすいといえばわかりやすいが、その行動を嫌う者は党内にも多く「所詮は一匹狼のオタク野郎」と揶揄されてしまうのだった。

「ふーん。行きたきゃ行けば……」

かつて自らが党を割って出た際に党幹部から言われた言葉を、いつまでも根に持っているのか、気に入らない時にはすぐに使うフレーズだった。

江里子がこの店を出したのは五年前。それまでは赤坂にある民自党の他派閥幹部が裏選対としても使う高級クラブのチーママだった。

「そのフレーズ、変わらないわね」

「俺の嫌いな大峰《おおみね》のフレーズだと言いたいんだろう」

大峰次郎《じろう》は長谷川が一時期民自党を割って出た際に共に行動したリーダーだった。大峰には政財界に多くのシンパや支援者がいたが、懐深く入って来る者とは必ず袂を分かつ癖があり、結果的には政界の一匹狼と同じだった。

「大峰先生は大峰先生。長谷川先生とは本質的なところが違うはずよ」

拗ねたような態度を見せる長谷川をなだめすかすように江里子が笑顔を見せて言うと、長谷川は「わかった、わかった」と言って江里子を見送った。

江里子が席を立つと長谷川は木綿花に露骨に迫った。

「ところで木綿花はどうして夜の世界で働いているんだい？」

「それよりも先生は誰でもすぐに呼び捨てになさるんですか？」

「それは親愛の情というものだよ。尊敬する恩師のお孫さんだし、美しいからね」

「そうですか……」

木綿花の言わんとするところを長谷川は理解していない様子だった。そしてもう一度同じことを訊ねた。

「何か特別の目的でもあるのかい？」

「別に目的はありません。今日がまだ二回目で、大学を卒業するまでの社会勉強のつもりですから」

「就職はもう決まっているということなんだね？」

「はい」

「どういう業種を選んだんだい？」

「総合商社です」

「なるほど……大学で学んだ金融システムの学問を職場で実践しようというつもりなのかな？」

「どこまで使えるのかわかりませんが、少し確認はしてみたいと思います」

木綿花は長谷川に媚びを売る素振りも見せず、淡々と答えていた。長谷川はさらにプライベートな話題に転じようとした。

「ところで木綿花の住まいはどこなんだい？」

「西麻布です」

「いいところに住んでるな……一人暮らしなのかい？」

「はい」

「彼氏は、このバイトをしていることを知っているの?」

「ノーコメントです」

「あ、そう。じゃあその前に、彼氏はいるんだろう?」

「それもノーコメントです」

木綿花は笑顔も見せずにはっきりと言った。長谷川はそれが面白くなかった様子だった。

「木綿花は美人だし、しかもここは客商売をするところなんだから、もう少し愛想よくしたらどうなんだい?」

「まだ、そのあたりが上手くできないんです。不愉快な思いをされたのならばお詫び致します」

そうは言うものの、木綿花に笑顔はなかった。

「お詫びされたって仕方ない。まあ、少しずつ慣れてくれればいい。それより……」

そう言うと長谷川は木綿花ににじり寄って木綿花の左手を握った。木綿花は驚いた顔も見せずに右手で軽く長谷川の手を外した。長谷川がさらに手を握ろうとすると木綿花が穏やかに言った。

「先生、それはもう少し親しくなってからにして下さい。このお店はそういうところではないと聞いてます」

「誰がそんなことを言ったんだ？」

憮然とした長谷川が言った。

「ママに叱られます。大切なお客様に嫌な思いをさせてはいけませんが、それ以上に店の品格を汚してはいけませんから」

「品格ねぇ。俺が手を握ったら品格が落ちるとでも言うのか？」

「先生の手をそのままにしていては、お店だけでなく、私自身の自尊心が傷つくのです。いくら著名な方でも、初めてお会いした殿方にしなだれる女ではありません」

「なるほど、立派なものだ」

長谷川はよほど面白くなかったと見えて、立ち上がると「帰る」と言った。

木綿花はこれを制することもなく、ボックス席から立ち上がると、近くにいた黒服に声を掛けた。

「チーフ、先生、お帰りです」

チーフは驚いた顔をして木綿花を見た。そこには明らかに不愉快極まりないという顔をした長谷川が立っていた。

「先生、何かお気に召さないことでもございましたか？」

「いや、急に用を思い出しただけだ」

「すぐにママを呼びます」

「江里子はいい。じゃあな」

長谷川はこの店に通うようになってから一度も自分で支払いをしたことがない。請求は都内にある後援会事務所に送られ、そこで支払われているが、その金額がいくらなのか気に留めたこともない。そしてそれが政治家の普通の姿だと思っていた。長谷川が政治家になった時から、彼の師匠だった、時の総理を始めとして先輩政治家も同様だったからだ。

長谷川は九回生。かつて、リーダーを目指すものは自らの力でどれだけ金を集めることができるかで、その資質が問われていた。いわゆる浄財と呼ばれる寄附である。日本人には政治家だけでなく、様々な機関に対する寄附という思考が欠落していると長谷川は思っていた。年間数億円の寄附を集めながら、その背景には何らかの利権を求める人々がいることを感じ取っていた。

長谷川が付いた父親の親友の総理もまさにそうだった。ただし、彼は集めた金を私に資したわけではない。当時百人を優に超えていた派閥の運営にほとんどを使っていたし、霞ヶ関や地元の役人、さらには大手企業の有望な社員に対しても使っていた。霞ヶ関の役人や企業の社員が海外出張に行く際には最低でも十万円の餞別を渡していた。長期出張や海外赴任の際には百万円単位の金をお年玉でも配るように直接手渡していた。最初は固辞していた者も、そのうちにこれを目当てに挨拶に来るようになる。

しかし彼は嫌な顔一つせず、いつも「お国のために働いてくれ」と言いながら金を渡していた。

「金は生き物なんだ。生き物を活かすも殺すも使い方次第。金を貸すなどという発想を政治家は持ってはならない。まあ、政治家に金を借りに来る奴などいないものだが、金は気持よくくれてやるものだ。そしてその金を活かすことができる相手を選別する目を持つことも大切だ。そしていい働きをしたものは人事で活かしてやる。すると、さらに大きな利益が回ってくる。これと思う者はトコトン育てるんだ」

豪放磊落《らいらく》に見える男だったが、その視点はまさに「今太閤」と呼ばれた立志伝中の男らしく細かな計算の上に立っていた。

お坊ちゃん育ちの長谷川はある時から、この金権体質に嫌悪感を覚えていった。そして今太閤の凋落《ちょうらく》を目の当たりにするや、政治改革を目指して行動を起こしたが失敗し離党の道を選んでいた。五年後に復党するも、党の要職に就くまでには時間を要していた。

「もう政治は金という時代は終ったんだ」

何かというと捨て台詞のようにそう口にする長谷川だったが、一面では政治家が自分で金を集めることができない状況が政治家の弱体化に繫がったといえる、ということを今ひとつ理解できていなかった。

長谷川が店を出ようとすると江里子が後を追ってきた。

「どうしたの？　木綿花が何か失礼なことを言ったの？」

「いや、急に用を思い出したんだ」

そういう長谷川の目が泳いでいるのを江里子が見逃すはずはなかった。

「本当にわかりやすいんだから……新人を口説きそこなった……と顔に書いてあるわよ。木綿花があなたの好みだということくらい最初からわかっているんだから」

「じゃあ、もう少し躾《しつけ》をしておけよ」

「ほら、ごらんなさい」

江里子は長谷川の腕を取って自分の豊満な胸に押し付けるようにして店の外に出た。

「本当に帰っちゃうの？」

「ああ、今日は帰る」

「SPは一緒じゃないのね」

「ああ。宿舎から車できたからな」

「うちで待ってる？」

「いや、帰る」

長谷川がダダを捏《こ》ねる時は決まっている。そんな時は放置してやるに限ることも江里子はよく知っていた。仕事を終えてマンションに着く頃を見計らって必ず電話を寄越《よこ》してくるはずだった。

「タクシー呼ばなくていいの？」

「ハイヤーを待たせている」

並木通りから一本入った路地にハイヤーが停まっていた。そこまで江里子が見送ると、長谷川は周囲を確認してビルの陰に江里子を誘い、抱きしめてキスをしながら、おもむろに右手で江里子の胸を揉みしだいた。江里子は身を任せるように両手を長谷川の腰に軽く回して応じていた。十秒ほどで長谷川は手を解き、照れ隠しのような薄笑いを浮かべてハイヤーに向かった。

長谷川を見送った江里子は店に戻ると木綿花を呼んだ。

「何か嫌なことをされた？」

「ちょっと軽く見られてしまったような感じで、自分自身が嫌になりそうでした」

「あの人は愛情表現が下手なのよね……」

「ああいう人が国のトップになるんですか？」

「まあ、無理だとは思うけど、これまでも『なんでこんな奴がトップになるの？』って人は何人もいたでしょう？　この国の政治なんて二流、三流なのよ。それは国民の責任でもあるんだけどね」

「ママってまるで政治評論家みたいですね。ママの本を政治家さんも読んでみればいいのに」

「木綿花ちゃんみたいに、私の講演を聴いて夜の銀座に来る学生さんも珍しいわ。それも半年契約の社会勉強にね」

「夜の銀座の街で、人々の行動の細部にまで配慮する観察力や協力者との関係を築く社会的スキルを学んでみます」

「おじい様がなさっている学問の文化人類学ね」

「はい。それを夜の銀座という、世界でも珍しい歓楽街でフィールドワークしてみたいんです」

「木綿花ちゃんも文化人類学を勉強しているの？」

「祖父の学問には子供の頃から接していたので、いつの間にか、その本質が感性でわかるようになったんです」

「すごいわね」

江里子は木綿花が生まれつきに持つ、一物、三物の才能にジェラシーを覚えることもなく、「この世界に入っても、きっとトップに君臨する子になるんだけど……」と素直に認めていた。

「山岡《やまおか》さんの事務所はどうしてあんなに金があるんですかね」

「そうなの？」

「あそこの秘書の私生活は半端じゃないですよ。第一、持ち物からして数百万はする腕時計やバッグをいくつも持っていますからね」

「山岡代議士は清貧な人だとおもっていたのだが、違うのかな……」

ふとした雑談で、大田の話を聞いた小山内は怪訝な顔をして言った。山岡章造《しょうぞう》は八回生で、一期下の総理の一回り以上も年上だったが仲は良かった。

「山岡さんは官房長官もすでに経験している割には主要閣僚に就いていませんよね」

「確かにそうだが、利権とは縁がなさそうな人だと思うが……」

小山内はふと山岡の落ち着いた風貌と紳士的な服装を思い起こしていた。そう言われてみると、確かに山岡はいつも仕立てのいい背広を身に付けているし、一つ一つの持ち物は、一国会議員にしては高価なものだった。

「山岡さんは県議上がりですし、資産家とは直接に縁はないはずなんです。それに秘書があれだけ贅沢をしているのも気になります」

「すると、現在、いいスポンサーを持っているということだな？」

「そう考えた方がいいと思います」

「内調よりも君の古巣の方が情報が早いかもしれないな」

小山内はいつもの子供のような目つきで大田を見た。

「最終兵器か……」

大田は黙って頷いた。

「藤林《ふじばやし》さん、大田です」

「これは官房長官秘書官殿ではないですか。お元気ですか？」

「からかわないで下さい。実はちょっとおうかがいしたいことがありまして」

大田は警視庁公安部理事官の藤林修司《しゅうじ》に電話を掛けていた。

藤林は警部補時代から公安部に入った男で、大田がチヨダの理事官に就任した時には、すでに警視庁切っての情報マンとして警察庁の警備企画課内までその名を轟かせていた。

同じ理事官という職名ではあるが、警察庁と警視庁では大きな違いがあった。警察庁理事官の階級は警視正でほとんどがキャリアポストである。年齢的には四十歳そこそこの入庁十五年目位からその地位に就く。一方、警視庁のそれは階級は警視、所轄の副署長を終え、署長になる一歩手前のポストとして設けられており、エリートコースに乗った場合で年齢は五十歳そこそこが多い。

「官房長官のところに入らない情報もあるのですか？」

藤林が言うと大田はやや強い口調で言った。

「それは藤林さんの方がよくご存知でしょう」

「しかし、官邸機能の強化とやらで、様々な情報を統括できるように組織改編されたのではないですか」

「いくら組織改編しても、情報の入手先はそんなに変わるものではありませんし、公安部のような本格的な情報機関を独自で持っているわけではありませんからね」

「言われてみればそうですね。以前より届くのが早いか遅いか……の問題だけですよね」

「そうなんです。実は元官房長官の山岡章造さんのことをお伺いしたいのですが……」

「金の関係ですか？」

大田は呆気に取られた。山岡と訊ねただけで藤林は金を連想していたからだ。

「そう。彼には大きなスポンサーがいるのですか？」

「山岡はゼネコンの裏の仕切り役ですよ」

「えっ？　ゼネコン？　彼は国土交通省とは無縁の人材ですよ」

大田は藤林が言った内容を全く理解できなかった。

「大田さん。何も道路や箱モノ、ダムや鉄道などの土木工事だけがゼネコンの仕事ではありませんよ。日本にはもっと大きな建設プロジェクトというのがあるんですから」

「建設プロジェクト……ですか？」

「そう。工事総額が一兆円を超えるようなプロジェクトですよ」

た。

「一兆円？」

思わず大田が素っ頓狂な声をあげた。大田の理解の範囲を大きく超えていたからだっ

「大田さん、『ビッグバンプロジェクト』って聞いたことがあるでしょう？」

大田の背中に思わず汗が流れた。

「ビッグバンプロジェクト」とは、超高エネルギーの電子・陽電子の衝突実験をおこなうため、国際協力によって設計開発が推進されている将来加速器計画のことである。加速器とは荷電粒子を加速する装置の総称であり、原子核・素粒子の実験に用いられ、現在では癌治療などにも応用されている。

「人類の夢『宇宙の謎の解明』と重なるビッグプロジェクトですね。そういえば、建設場所が東北に決まったんでしたよね」

「そう。その意思決定に大きく力を及ぼしたのが山岡です。何と言っても彼は文教族のドンとして、そのプロジェクトを牛耳っている立場なんですよ」

「そうだったんですか……」

北上山地を推す岩手県・東北経済連合会・東北大学を中心とした東北推進協議会と、脊振《せふり》山地を推す佐賀県・九州経済連合会・九州大学を中心としたアジア・九州推進会議の二者が国内候補地の誘致で争っていた。

二〇一三年八月、立地評価会議が国内候補を北上山地に選定した。

「建設費は総額約一兆円。民間シンクタンクの試算では経済的波及効果を二十兆から三十兆円と見ています」

「そのことだったのですね……参院選の選挙中に『今度の選挙結果が震災復興を一日も早く達成するだけでなく、前向きにこの地域の発展を図るビジョンを我々は持っている』と文科相が岩手県で発言したんです」

「利権誘導政治から岩手を脱却させるチャンスのはずが、民自党がさらに露骨な利益誘導を口にしていたわけですね」

「しかし、藤林さんはどうして山岡の動きまで把握していたのですか？」

大田は藤林の情報収集能力に舌を巻く思いで訊ねた。

「新橋にある料亭の女将《おかみ》から聞いていたんですよ。設計大手の日本設計コンサルティング社が幹事社となってゼネコン大手を仕切っている旨をね。そしてゼネコン各社が持ち回りで毎月会合を開き、山岡や秘書を接待しているということでした」

「日本設計コンサルティング社が仕切り……ですか……」

「ウラ取りもしましたが、情報どおりであることを確認しています」

「それはいつ頃から始まったことなんですか？」

「もう十年にもなりますよ。山岡は早くからビッグバンプロジェクトの勉強をしていました」

「先見の明があったということですね？」

「いえ、先見の明というよりも、前任者からの引き継ぎだったようです」

「前任者……ですか？　文科相の前任者ということですか？」

「いえ、山岡が衆院選に初出馬する際の前任者です」

「そんなに古い話なのですか？」

「そうです。ですから山岡は国会議員になった時から例のプロジェクトにおける日本誘致を進めていたことになるわけです」

「そうだったのですか……実に根が深いわけですね」

大田は藤林の情報分析力だけでなく知識の豊富さに改めて驚くしかなかった。

「我々は完全にノーマークだったわけですね」

「いえ、公安部は十年前からきっちりマークしていましたよ。ただ、当時は山岡自身がまだ悪さをしていませんでしたからね」

「というと、今は違う……と……？」

「裏金を相当作って貯めこんでいるようですね。本人は総理総裁を目指すようなタマではありませんが、引退後のことを考えているのかも知れません」

「それはちょっとセコい話ではないですか？　もしかして後継者に期待をしているとか

「……」

「その可能性は高いと思います。地元では秘書を務めている息子に後を継がせたいようです」

「何か選挙区に特別の事情でもありましたか？」

「はい。将来の総裁候補が選挙区の鞍替えを狙っていて、それが山岡の選挙区というのが地元ではもっぱらの噂です」

「まさか、あの議員のことですか？」

「そうです。彼が鞍替えしてくれれば山岡の後継者はひとたまりもありません」

大田はまたしても唸り声をあげて思った。「この人はどこまで深い情報を持っているのだろう……」藤林は大田の反応を気に留めることもなく話を続けた。

「山岡は表面上にはなかなか出てきませんが、文科省利権を実に巧みに利用しています。国体誘致もその一つです。四十七年に一度の国体ですから、当然ながら運動施設の再建や道路の整備といった、ゼネコンと地元の建築業者を喜ばせる金が動きますからね」

「文科省利権も大きなものですね」

「そうです。産学協同もまた利権の一つです。山岡がプロジェクトの誘致先を東北に決めさせたのも、彼なりの思惑があってのことなのです。山岡は九州、中でも福岡市が一人勝ちする現在の構図を嫌っているんです。さらには福岡県出身議員に対しても同じ考えを持っている」

藤林は断定的に言うと、さらにこう続けた。

「今回の誘致先に関しても、九州が優位であったのは事実です。郊外移転した九州大学敷地内に研究施設を併設でき、研究者が世界中から集散しやすく、十分な会議・宿泊施設もあるわけです」

「確かにこれが岩手となると、東北大からは遠すぎるので、新たな研究施設が必要ということになりますね……しかも利便性を考えても仙台空港では難しい……」

「そもそも論から言えば、プロジェクトの施設建設には、周辺のある一定の距離に活断層が存在しないことが条件なのです。そしてそれを満たす岩盤は日本に二ヶ所しかなくて、一つは九州で一つは東北だったのです」

「すると、常識的には九州優位であったはずが、何かしらの圧力の下で覆った……」

「そう考えるのに、何の矛盾もないでしょう。確かに震災後の復興には大きな推進力になるでしょうが、世界からの利便性を考えると、そうも言っていられない」

「なるほど……誘致の裏側には、姑息なそろばん勘定が働いていたのでしょうね」

「所詮、二流政治家ですし、息子も大した男じゃないので、官房長官もあまり気にすることはないと思います。それよりも大森議員の動向には十分気をつけた方がいいと思います」

「総裁選に出る必要があったのか？」

「いずれはそうするつもりだったし、今、存在感を示しておくのも重要だと思ったからさ」

がっちりした体軀で落ち着いた風貌の大森英輔《えいすけ》は安藤内閣の主要閣僚である経済産業相に就いていた。

省内の大臣応接室で参議院同期の海野《うんの》圭一郎《けいいちろう》と語り合っていた。

大森は今回の総裁選に立候補し、安藤に敗れたものの、将来の民自党を支える若手が推薦人にも多く名を連ねて、予想を上回る議員票を集めたことで存在感をみせた。世襲議員だが、祖父から三代にわたって東京大学を卒業し、閣僚を経験しているという地方大豪族である。東大卒業後は財務省に入り、コロンビア大学に留学、現地でＭＢＡを取得した秀才だった。しかし大森は決して偉ぶらない。持って生まれた家系のよさに加えて、子供の頃から徹底した帝王学を叩きこまれていたからだった。

大森は政界に入った当初から「総理になるべき男」として、政界だけでなく財界からも期待された存在だった。

「もう私も五十を超えたからな。世界のリーダーとなっている政治家を見回しても決して早い方じゃない」

「それは政治家になるのが遅かったからだろう？　政治家歴十五年ならば十分に資格はあるさ。衆議院なら五期、六期目だからな。安藤さんは第一次政権の時、六回生だった」

「しかし、憲法上は国会議員であれば総理大臣の資格はあっても、事実としては、これまで衆議院議員しか総理大臣になっていない。参議院議員のままでいいのか……常に考えている」

「衆議院に鞍替えとなると、選挙区での軋轢《あつれき》があるな」

「そう。山岡さんが引退するまでは手を挙げることはできないだろうな」

「しかし、山岡さんは政策秘書をやっている息子に地盤を譲るつもりなんじゃないのか？」

「そうだろうと思う。彼もまた『いい奴』だから困っているんだ。そもそもコスタリカ方式の総理総裁なんて格好つかないからな」

コスタリカ方式とは同一政党もしくは連立を組む政党間で同一選挙区で競合する候補者がある場合に、一人を小選挙区に、もう一人を比例区に単独で立候補させて、選挙毎にこれを交代させるという選挙戦術である。命名のもとになったコスタリカの選挙制度は同一選挙区からの連続立候補を禁じているだけで、日本のように限られた議席を既得権益の如く分け合う妥協の産物とは全く異なる。

「そうか……それならば山岡さんの息子に参議院に回ってもらう……というのはどうなんだ？」

「それも私から言い出せる話ではないからな。安藤総理が考えてくれているとは思うが……」

「安藤総理か……確かに安藤一族もお前の家とは縁浅からぬ関係だったな」

「まあな、親父同士は親友だったし、私も総理とは決して悪い関係ではないからな」

「次の次ってところか？」

「ふふ……」

大森は海野の言葉を否定することもなく不敵に笑って見せた。すると海野が言った。

「ところでお前が総理になった時、官房長官は誰にするつもりなんだ？」

「考えたこともなかったな……小山内さんのような辣腕を探すのは難しいな……少なくとも推薦人の中にはいないな……」

「俺がやろうか？」

「お前は喧嘩ばかりするからダメだ。やっぱり胆力のある人じゃなきゃな」

「胆力か……安藤総理と同じ台詞だな」

「そうなのか？」

「ああ。安藤総理は小山内さんのことを、そう評していた」

海野の言葉に大森は深く頷いて言った。

「組織のナンバーツーという存在は歴史的に見てもトップが替わると消されてしまう可能性が高い。戦後八十一代の官房長官のうち総理の座まで上り詰めたのは、わずか九人しかいない」

「それではまるで使い捨ての駒のような存在じゃないか……」

「官房長官とはそういう存在ということだ。確かに官房長官にはいくつかのタイプがある。総理の子分タイプ、その逆で兄貴分タイプ、そしてお友達タイプ等が代表だ。ただその中で将来的に総理を目指すかどうか……が大きな違いだ」

「兄貴分タイプの官房長官は総理を目指さない……とか？」

「いや、そんなことはない。実際に官房長官の鑑《かがみ》と呼ばれた人が総理になったことがある」

「ああ、唯一親子二代で総理になった人だな」

「ああいう人は珍しい存在だが、官房長官時代の内閣運営が素晴らしかったし、長期政権だったことも大きな要因だったと思う」

「今回の安藤政権も、総理本人の健康上に問題がない限り長期政権は間違いない状況だからな……小山内さんにもその目が回ってくる可能性があるわけだ……」

「いや、あの人はそれを望んではいないだろう。官房長官で終わる人ではないが、総理を目指す人ではない。彼自身が一番己を知っているように思えるな」

第四章　官邸激震

「官邸の意思として北朝鮮に行ってもらいました」

安藤政権発足後間もなく、官邸は米村《よねむら》内閣官房参与を北朝鮮に派遣すると、小山内は記者会見でそう明言した。周囲からは国際社会が北朝鮮の非核化を迫っているさなかの訪問は抜け駆けととられる可能性も指摘された。さらに、日米韓協調の立場からもアメリカ、韓国両国が不快感を示した。

「北朝鮮側が日本人拉致問題の解決に前向きな姿勢を示しているのは日本から制裁解除を引き出すのが狙いであることはハナから承知している」

執務室で小山内がそう語ると、これに関して大田は珍しく意見を述べた。

「米村内閣官房参与と安藤総理が近いのは第二次訪朝に遡ることは承知しております。ただその根底にあるのは安藤総理が持つ歴史認識にあると思っています」

「それは誤っている……ということなのか？」

「いえ、誤っているとは思いません。ただ、靖国に対する感覚は官房長官も総理とは異なると思います」

「それは一国の宗教上だけの問題ではない。先の大戦だけではなく、お国のために尊い命を捧げた英霊に対しては、この国の政治家である以上衷心からなる敬意を表さなければならない。あの方々だけではないが、多くの犠牲の上に今日の平和があることを忘れてはならないし、将来に向けての不戦の誓いを立てる必要がある」

「大筋では私も同じですが、靖国に関してはA級戦犯の合祀という避けることができない問題があります。ほんの一握りの戦犯のお陰で、多くの英霊が泣くに泣けない状況になっています」

「合祀か……」

「六代目宮司の松平永芳《まつだいらながよし》によって、宮司預かりの案件であった極東国際軍事裁判A級戦犯十四柱の合祀を独断で実行されたことが、昭和天皇のお心をも苦しめたのは歴史にも明らかです」

大田は決して右翼的な発想を持ってはおらず、むしろ、本流右翼が姿を消し、暴力団の隠れ蓑となってしまった、今の形式的な右翼的政治活動に憎しみさえ覚えていた。

「そのことは安藤総理もよくわかっておられる。ただ、分祀ができない現状を鑑《かんが》みたうえでも、なお、英霊に対する哀悼の意を表したい旨の気持ちがあるのは確かだ」

「現在の中国、韓国などの近隣諸国に対する影響はあまり考えていらっしゃらないのですか？」

大田の巧みな質問の意図を小山内は瞬時に理解した。

「現在の……か……。中韓両国は国内の激しい権力闘争の中にある。そして中国は国内に人口問題という極めて大きな問題、韓国は先行きが危うい経済問題を抱えている。その両国が日本に対して唯一優位に立つことができたのは、日本政治の不安定さゆえだった」

「たしかに、中国国家主席はこの二十五年で三人目、韓国大統領は五人目、そして日本国首相は十四人目ですね……その間アメリカ大統領も三人ですからね……政治的な交渉というより、外交などできる環境ではなかった……ということですね」

大田は小山内の言わんとすることが何となく理解できた。七年ぶりに長期政権が生まれようとしている矢先なのだ。

「当然ながら中韓両国は様々な形で日本に対してブラフをかけてくる。それに正面から対応するのは愚というものだ」

「それは日本に対する警戒感というよりも、自国内に巻き起こるであろう、あらゆる不満のハケ口を日本に向ける……ということですね」

「そう考えていいだろう」

「かつて民自党は政権奪還のためになりふり構わず、日教組のリーダーを総理の座に置いたことがありましたが、その愚行が未だに今日の日中、日韓関係に影響を及ぼしているのですからね」

「その時まだ私は国会議員にはなっていなかったが、地方議員ながら忸怩たる思いでいたものだ」

大田の言葉を小山内は正面から受け止めていた。

「その日中、日韓関係の中で北朝鮮へ特使を送った背景には、これまでの対北朝鮮ルートの見直しがあったわけですね」

話題をふりだしに戻しながら、大田がやや顔をしかめて言った。

「日朝関係を君の先輩方がグチャグチャにしてしまったからな」

小山内が木で鼻を括るような言い方をした。大田自身も現職の警察庁の先輩が勝手な対北外交を独自で進めていたことをよく知っていた。

「ようやくその呪縛から逃れようとしていますが、やはり、彼らの影響は大きかったでしょうね」

「そりゃそうだ。外交問題とはいえ、外事情報は公安警察のテリトリーだし、これまでもそこを信頼していたのだからな」

「そうすると、今回、米村内閣官房参与を単独で訪朝させたのは、これまでのルートを変更する旨を、その渦中にあった米村さん本人に断りに行かせた……ということですか？」

大田は敢えて確認のために訊ねた。小山内は一瞬口元を引き締めたが、大田の顔をジッと眺めて口を開いた。

「そうだ。今回は警察庁の拉致特別の者は一切使わず、正規の外務省ルートで行くことに決めたんだ」

「それにしても徹底した情報管理でしたね」

拉致問題について日朝両政府は、二〇一四年五月にスウェーデン・ストックホルムで拉致問題の再調査について、北朝鮮が特別調査委員会による調査を開始し、その結果を受けて日本は北朝鮮に対する制裁措置の一部解除を検討することで電撃的に合意したが、マスコミはその兆候さえキャッチできていなかった。

「私はちゃんと帰国した代表団から直接報告を受けた旨を伝えたし、その報告に関しては総理と関係閣僚が集まって相談する予定である旨も答えたんだがね」

小山内はその時のことを思い出したのか、余裕の笑顔で言った。

「実際、夕方に急遽開かれた三度目の会見では、合意文書まで配っていますが、それでもマスコミは何の対応もできませんでしたね」

「まさに面食らった……というところだろう」

そうは言ったものの、小山内の顔から笑顔は消えていた。今回の交渉は上手くいったものの、拉致被害者がどの程度生存し、帰国できるのか……ということを、小山内自身が決して楽観的に考えていない現れだろうと大田は考えていた。大田自身、警察庁警備局時代に独自ルートで入手した様々な情報を勘案しても、そんなに多くの拉致被害者が未だに無事である確信を得ていなかったのだった。


首相官邸に入るには国会議事堂の衆議院側裏側にある官邸正門脇にある来客用の入口で、厳重な手荷物とボディーチェックを受けて、さらに奥の受付で予め入れておいたアポイントメントを確認した上で入館を許される。この入口は構造上官邸の三階である。そこから専用のエレベーターに乗って五階に上がるのだが、三畳ほどの狭いエレベーターホールにはマスコミ関係者が数人待ち構えており、「○○通信社の△△です。失礼ですがどちらに……」と声を掛けられる。軽く黙礼してエレベーターに乗り込もうとすると、背後から名前を呼ばれた。居合わせた数人のマスコミ関係者がこれを聞きつけてペンを走らせるのが見えた。

「杉本《すぎもと》さん、お久しぶりです」

そこにはかつて、警視庁で広報課にいた顔なじみが背広姿で立っていた。聞けば、現在警備部警護課の官邸担当管理官に就いているということだった。

「随分変わったところに配属されたんですね」

「いえ、もともとSPだったんですよ。警部の一時期にちょっとだけそりの合わない上司がおりまして、その間、広報課が引き取ってくれていたんです」

「ほう。野村《のむら》さんのような温厚な方でもそりが合わない人がいるんですね」

「まあ、警視庁は五万人近い職員がいますから、中には変な人もいますよ。たまたま、広報課長に昔からの酒飲み仲間が就いた関係で、引っ張ってくれたんです」

「広報課長は歴代キャリアポストですよね。太いパイプがあったんだ」

「いえいえ、それよりも今日はどちらへ行かれるんですか？」

「官房長官と三時から面談です」

「官房長官、ご本人と……ですか」

野村が驚いた顔をして訊ねた。

「一回生の頃からの長い付き合いなんですよ」

「そうだったんですか……やはり大手出版社となると人脈も広いのですね」

「今度、久しぶりに一緒に飲みませんか？　なかなかお忙しいとは思いますが……」

「ぜひ、お願いします」

世間話を交わしながら野村に案内されて官房長官室の前まで行くと、そこには政務秘書官の村上直己《なおき》秘書が笑顔で待ち受けていた。

「杉本さんお久しぶりです」

政務秘書官の村上は一時期、議員会館の事務所で勤務していたが、その後地元担当として選挙区対策に当たり、小山内が官房長官に就いた時から官邸で政務秘書官に就いていた。

「村上さんもお元気そうで、官邸は慣れましたか？」

「いや、なかなか大変ですよ。面談時間は十五分しかありませんが」

「十分です」

村上は相変わらずの低い物腰で杉本を官房長官応接室に招き入れた。官房長官応接室は五階全体に認められる特徴的な構造で、外廊下から官房長官室に入ってすぐに内廊下があり、二つ目の扉を入ってすぐの秘書官室から中に入る仕組みになっている。官房長官室と総理大臣室はこの内廊下でつながっており、相互の出入りは自由だ。総理が官房長官室にやってくることは極めて稀で、大方の場合は官房長官が総理執務室に足を運ぶが、小山内は時折内廊下を通って総理執務室に行った。これは外廊下をマスコミがモニターで監視しているからで、マスコミも官房長官が内廊下を通ることには不平を漏らすことが多い。しかし、官房長官の立場であっても一々マスコミにその動向を知らせる必要はないわけで、そうであるからこそ設計段階でこのような構造を採っているのだ。

秘書官室の左隣にあるのが応接室で、官房長官執務室は秘書官室のさらに奥に設置されている。

応接室は二十畳ほどの細長い部屋だった。足を踏み入れると、官邸のどの部屋にもある、おそらく東北地方の有名な緞通メーカーで作られたものであろう薄青色の絨毯の心地よい感触が靴を通しても伝わってくる。この緞通は皇居や迎賓館に敷かれているものと同じであろうことが杉本にはわかっていた。

杉本が応接室内の置物や調度品を眺めていると、小山内が例のはにかんだような笑顔を見せながら応接室に入ってきた。

「久し振りだね」

「お忙しいことは重々承知しておりますので、しばらくご遠慮しておりました」

小山内が懇意にしている大手出版社幹部の杉本好之《よしゆき》は今でこそ編集局長であるが、かつては国内発行部数第一位の雑誌で政治関係の編集に携わった経験があった。杉本は小山内が一回生の頃から「面白い存在」として目をつけており、これまで折に触れて、小山内のインタビューを雑誌に掲載してきた。

握手を交わした二人は、ちょうど首脳会談でも行うかのように、双方の椅子を斜めに三十度ほど傾けたような形で席に着いた。

「今日はどうしたの？」

「単にご機嫌伺いのつもりだったのですが、少々質問もさせていただければと思いまして」

小山内は笑顔を崩さず、鷹揚に頷いてお茶を一口飲んだ。テレビでの記者会見は何度も見ていたが、この一年半で小山内が一回りも二回りも大きくなったような感覚を杉本は覚えた。

「早速ですが、つい先日中国空軍による自衛隊機への異常接近という事態が起こりましたよね。ああいう事態の延長で、仮に万が一のことが起こった場合に、官邸はどのような対応を取るのですか？」

「現場のことはすべて現場に任せています。我々はその責任を取るだけです」

「最悪のことも想定しているのでしょうね？」

「もちろんです」

「もし、戦争……ということになった場合はどうするおつもりなのですか？」

「自衛という大義名分が成立するならば短期的でも交戦状態に陥ることは想定していなければならない」

小山内はあっさりと答えた。

「宣戦布告ということですか？」

「自衛戦ならば仕方ない。もし中国の空軍が相手ならば、その戦闘機が飛び立った基地を破壊するくらいのことは考えておかなければならない」

「それも自衛……ですか？」

「戦闘機のパイロットが独自の判断で攻撃することはない。基地、もしくは軍、さらには党の判断と看做《みな》すことに何の問題もない」

そこまで言って小山内はもう一度湯のみを口に運んだ。小山内の落ち着きに全く変わりはなかった。杉本がさらに訊ねた。

「もし、戦争ということになったら、その期間はどのくらいを考えていらっしゃるのですか？」

「偶発的といっても戦争となれば、そうそう簡単に終息することはないだろうが、相互の本土攻撃にはならないだろう。基地だけピンポイントで攻撃してその後は賠償問題という形になるんだろうな」

「中国人民解放軍のレベルはどのくらいと評価しているのですか？」

「副総参謀長の発言を聞く限り、決して優れているという印象は受けなかったな」

「でしょうね……まるで海兵隊の軍曹クラスのコメントでした。しかし、向こうの現場を握っているのがそのレベルだとすると、偶発的な事故の可能性は高い……ということでしょうか？」

「危機管理の範疇《はんちゅう》として考えておかなければならないことだろうな」

「しかし、もし、交戦状態になると中国に進出している日本企業は大きなダメージを受けるのではないですか？」

「それは企業の危機管理の問題だ。共産主義国家に進出している以上、常に有事を考慮しているはずだろう？　企業のトップだけでなく経団連だって、そのくらいの危機管理意識は当然持っているはずだ」

小山内の表情は相変わらずで、よどみなく答えが出てくる。

「中華人民共和国という国家が近代戦争を行うに当たって、国連安保理の常任理事国としての適格性があるか否か……が国際的に明らかになる」

「世界の目がある……ということでしょうが、今や中国は大国です。経済的にも国際世論を気にするとも思えないのですが……」

「北京や上海の空を見れば、中国がどの程度の国家かよくわかるだろう？　今、先進諸国が成長よりも環境を唱える中、中国はブラジルやインドネシア同様、環境は二の次の話なんだ。国民を食わせることに四苦八苦している現状を忘れてはならない。これは毎年日本に来る中国人観光客が帰る間際に口にする話題でもある」

「環境……ですか……日本はこれに何らかの協力をするおつもりなんですか？」

「すでに打診はしているが、向こうが断っている。日本スタイルの環境基準では彼らにはキツイのだろう。ヨーロッパ、特に東欧諸国レベルのものを求めているようだ」

「なるほど。ところで日中関係は今後よくなると思いますか？」

「そうなるように努力している。それだけだ。ただし、日中間でお互いに認め合っていることは戦略的互恵関係ということなのだから、その思考の根底にはつねに『戦略性』が必要ということだな。決して戦闘的ではないということだよ」

「戦略的ということは……今回、総理がバングラデシュ、スリランカを歴訪したのはいわゆる中国の『真珠の首飾り戦略』に対する戦略……と見てもいいわけですね？」

真珠の首飾り戦略（The String of Pearls）は、香港からポートスーダンまで延びる、中国の海上交通路戦略のことで、二〇〇五年にアメリカ国防総省ネットアセスメント室（Office of Net Assessment）の関係者が名づけたと伝えられている。海上交通路を略して海路と呼ぶが、この中国の海路戦略は、海軍が戦略的な関心を示す、パキスタン、スリランカ、バングラデシュ、モルディブ、ソマリア等の国家が対象となる。小山内は一言、

「そういう見方をする人もいるだろうね」

と、呟くように言った。

そこへ見覚えのある警察庁出身の秘書官が時間の超過を告げるためだろう、メモ紙を持って入ってきた。杉本はそれを察して席を立った。小山内は国会議員らしく両手で握手をし「また近いうちに……」と、笑顔を絶やさないまま退出した。

「ウクライナ問題は新たな東西問題に発展するのではないですか？」

「ロシア軍がクリミア半島を必要としていることは歴史的に明らかだからな」

「セヴァストポリですか？」

「不凍港を保持することは世界に対して、その威力を示すためには最低条件だろう。むしろ、いくら同盟国とはいえ、自国の軍港を租借しているということのほうが異常事態と考えた方がいいだろうな」

小山内は官房長官執務室で、かつて共に外交問題を語りあった参議院議員の山田史郎《やまだしろう》と、再び今後の外交を話し合っていた。山田はジョージタウン大学で国際関係論を学んでおり、海外の政治家との窓口を個人的に持っていた。

「官房長官が、何となくロシア擁護をする背景には北方領土問題があるからですか？」

「それとこれとは話が違う。ロシアとの最大の案件であることは間違いないが、ロシアとておいそれと手に入れた領土を手放すはずはない。むしろ、その可能性は低くなりつつあるとも思っている」

「そうなんですか？」

「ロシア側の対日交渉の最大のポイントは不毛の地と言われたシベリア開発にある。シベリアをロシアが自国だけで開発することなんて不可能に近い」

「日本の経済力が欲しいわけですね」

「そう。天然ガスや油田開発を日本の経済力で進めたかったからだ」

「そこにシェールガスが出てきた……ということですね」

小山内が頷きながら目を細めて言った。

「ロシアにとっては寝耳に水のような感覚だったろう。日本は北方領土と交換条件のようにシベリアのガス田開発に乗ってくると思っていただろうからね。結果的にロシアは中国に接近せざるを得ない状況に追い込まれている」

「中国が推し進めている社会主義市場経済というのは、社会主義社会でありながら最も経済格差を生み出す経済手法ですからね」

「発展途上国が金持ちになりたい……という願望を持つ事に先進国が否定をすることはできない」

小山内は落ち着いた口調でそこまで言うと、ふと目を細めて何かを思い出したような顔つきになった。小山内にしては珍しい態度だった。小山内が次の言葉を発するまで、山田はじっと待った。

「君は日本の貧しい時期というものを知らないだろうし、日本の高度経済成長を推し進める原動力となった、地方からの集団就職などという行動を想像もできないだろう。しかし、それを経験した世代は経済的にもまだこの国を牽引しているんだよ」

「それは官房長官の世代……ということですね」

「当時の日本は誰もが金持ちになることができる可能性があったが、ロシアや中国は違う。そこが共産主義の悲しいところで、一握りの指導者はとてつもない金持ちになることができるが、庶民はいつまでたっても貧しいままだ。ソビエト社会主義共和国連邦の頃より少しはマシになったかも知れないが、冬の凍死者の多さは目を覆わんばかりという報道がなされている」

「中国やロシアの田舎はまさにそんな街ですね……」

「五十年前の東北の田舎を見ているような気がするよ」

小山内がしみじみと語った。

「ロシアはこれからどうなっていくのでしょうか？」

「輸出すべき工業製品が軍事産業以外にないことを考えると、地下資源に頼るしかないのが実情だろう。数年前までは、なんとしてもほしがった日本がいたが、今は状況が変わってしまった」

「日本側にとっても、対ロシア貿易のメリットは、最終的に北方領土返還を目指すだけ……ということですか？」

「静観するしかないだろうな。おまけにウクライナ問題が大きくなるとロシアは、貿易面でもいよいよ中国と接近せざるを得ない状況になってくるな」

「ロシアは日本、韓国の工業技術製品を中国経由で仕入れているくらいですからね。ただ、ロシアとしてはアメリカという国が全く怖くない存在になってしまったことが大きいと思います」

「そうだな……総理もその点を気になさっている」

「総理も……ですか」

山田が小山内の顔を覗き込むように訊ねた。

「プーチン大統領は現代のナポレオンであり、ウクライナ危機はプーチン外交にとってアウステルリッツだと言うんだ」

「アウステルリッツ……ですか?」

「おそらく欧州系エコノミストの話を聞いたのだろうけどね」

アウステルリッツとは、一八〇五年にナポレオンがオーストリア・ロシア軍を破った場所のことである。

「プーチン大統領はクリミアを手放すことはなく、このまま保持し続けることだろうとも言っていたよ」

「それに対して官房長官は、どうおっしゃったのですか?」

「ウクライナ東部地域に住むロシア系少数派が、同国の北部に位置する首都キエフへの対抗力をさらに強化する可能性が高い旨を伝えた」

キエフはウクライナの首都で東ヨーロッパにおける最古の都市、またキリスト教の聖地の一つという顔も持つ都市である。

「ウクライナ分裂もやむを得ない……ということですか？」

「プーチンはその気だろう」

「日ロ関係はどうなると考えていらっしゃるのですか？」

「これは焦っても仕方がない。ただ、現在、日本が対北朝鮮でやっているような外交方式では全くダメだということだ」

「それは表の外交と裏の諜報活動という両輪を用いなければあの国とは対等に交渉のカードを切ることはできないということですか？」

小山内は、山田を改めて「ほう？」という目で見て答えた。

「そのとおりだ。確かにロシアやアメリカ、中国は今回の日朝交渉を傍から見ていて、日本のあまりにお粗末な外交手法に呆れていることだろう。北朝鮮の表と裏のトップに対して、こちらは表の一人で対応しているのだからな」

「裏のルートは最初に内閣参与を訪朝させた段階で断った……と解釈していましたが、そのとおりだったわけですね」

またしても小山内が山田をじろりと眺めて言った。

「いい視点から見ているな。なかなかそこを言い当てる者は少ない。今回は外務省一本の正攻法ルートに絞った交渉を行なっている。これは少なからず北朝鮮にとっては驚くべき行動だったろう。その分、裏切りは許さないという強い姿勢でもある」

「なるほど……するとロシアに対しては諜報活動で勝負するおつもりですか？　ロシアのアンナ・チャップマンのような諜報部員をこれから育成していくのですか？」

「近い将来には間違いなく必要になるだろうな」

「すると、対ロシア政策は長期展望に基づいたものになるわけですね」

「一朝一夕に片付く問題ではないということだ。我が国に唯一領土問題が存在するとすれば、北方領土だけだろうな。ロシア経済の脆弱性を慎重に計算しながら、時間的優位性を常に我が国に置くことに主眼を置くべきだ」

「今更喧嘩をする相手ではありませんからね。それでもソフトランディングができる時期が、そう遠くない時期に来そうな気がします」

「アメリカ次第……ということになるだろうな。アメリカが自信と実力を取り戻してくれることを切に願うしかない。あれだけの対外債務がある以上、それなりの経済改革も必要となる。それをどこまで短期間でできるか……にかかっている」

「アメリカ大統領は今一歩勢いがありませんね」

「常に世界の中で戦争に加担していかなければならない宿命を帯びた国家だから、その大義名分を唱えることにも疲れることだろう」

「それにしても、『イスラム国』という存在の急速な台頭は、アメリカ政府高官も想像以上だったのではないでしょうか？」

「ＣＩＡの諜報活動《テキント》だけでは情報収集に相当な時間を要したことだと思いますよ」

首相官邸のすぐ近くにある内閣情報調査室分室と同じ建物にある、内閣危機管理監室で内閣参事官から報告を受けていた東出《ひがしで》内閣危機管理監は、今後の対応について検討を行っていた。

東出の前職は警視総監で、東京都全体の情報に加え公安部から国際テロリズム組織の動向に関する情報を個人的関心もあって入手していた。関心の背景にあったのは九・一一であり、東出の階級がまだ警視の頃に留学していた、ハーバードロースクールの学友を、あのテロ事件で失っていた経緯があった。

「イスラム国が中東地域を制覇することはあり得ないでしょう。ただし、現在のイラン、イラクの国境線を決めたのはイギリス、フランス両国であり、そこにイスラム諸国の意思は全く含まれていなかったという事実は大きいです」

「そうだろうな……イスラム国に海外から流入している傭兵も多いようだが、その中に日本人は含まれていないのか？」

「現時点では未確認です。しかし、フランスをはじめとした各国の傭兵派遣会社に登録し、実際にイラクやアフガニスタンで傭兵として働いている日本人はおります」

「その者たちのリストはあるのか？」

「数十人規模ではありますが、データはあります」

「元自衛官か？」

「全員がそうです。現時点では元警察官は含まれておりません」

「警察のＳＡＴあたりじゃ戦地では役に立たないだろうな」

「ただし、アメリカにある傭兵訓練施設には元警視庁機動隊に在籍した者が数名おります」

「警視庁機動隊？　六機か？」

「はい。元六機七中のスペシャルコマンド部隊におりましたが、ＳＡＴには加わっておりませんでした」

「その者たちの階級は？」

「全員が警部補です」

「警部補か……」

東出は沈痛な面持ちで報告に耳を傾けていた。

現在のＳＡＴの前身である警視庁警備部第六機動隊にあった特殊中隊は通称「六機七中」と呼ばれていた。警視庁機動隊十個隊は一中隊から四中隊までの基幹中隊と五、六中隊の特別機動隊で編成されている。特別機動隊は有事の際に各所轄から警部補以下の若い警察官が機動隊員に身分を替えて勤務するもので、その訓練も常時行われている。

そして、第六機動隊の中にだけ、幻の「第七中隊」が存在したのだった。六機七中は特科中隊とも呼ばれていたが、部隊の存在自体が極秘となっていた。その存在が明らかになったのは約二十年前に起きた民間機のハイジャック事件における突入作戦によってであった。

以来、六機七中は公式部隊としてSpecial Assault Team、通称ＳＡＴという部隊名を定めて編成され、二〇〇〇年には、第六機動隊から警備部警備第一課に所属が移された。この時、ＳＡＴには六機七中の隊員だけではなく、その他の九個隊に分散していたハイジャック対策部隊やスナイパー部隊、特殊救命部隊からも招集されたことで、六機七中からは数十人規模の退職者が現れていた。この中隊に属したものは一旦警視庁警察官身分が抹消され、まさに特殊部隊としてアメリカ海兵隊並みの訓練が行われていた。その中の警部補は小隊長であり、トップの中隊長に次ぐ地位で、あらゆる事態を想定した対処訓練を指揮する才能が求められていた。

「ＳＡＴに入らずに中途退職した七中小隊長経験者となると、頭脳、体力とも自衛隊の中級幹部に優るとも劣らない実力があるはずだ」

「確かに破壊工作のプロでもありますからね」

「彼らをリクルートしたのは、まさか、元公安部のＯＢじゃないだろうな」

「そのまさかです」

「そうか……彼が……」

東出はアメリカ、カリフォルニア州にある傭兵訓練施設の存在について、警視庁公安部出身で現在は独立して危機管理会社を立ち上げた男から情報を得ていた。この男の会社は企業向けの危機管理コンサルティングがメインではあるが、世界の危険地域にある日本国在外公館の警備や日本企業の保護を目的として傭兵を派遣していた。その中には駐在員の要請を受けて、信頼できる日本人傭兵の派遣が求められたことから、警視庁警備部や自衛隊等への働きかけも行なって、実際に傭兵志願者を確保、養成していたのだった。すでに数十人、自衛隊の中でも中央即応集団に在籍して中途退職した者の中から希望者を半年間訓練させ、海外に送り出していることは東出も聞いていた。

戦闘地域に取材で赴くジャーナリストやカメラマンは多いが、傭兵として戦う者はまだほんの一握りの人員でしかない。そして、そこに集まる世界の危険地域に関する情報は中東、アフリカから中南米、さらにはアメリカ国内のマフィア対策まで幅広く、しかもディープな情報だった。

「イスラム国がアメリカにとって新たな脅威になったことは間違いがない。この戦略を誤ると、アメリカは大変な蟻地獄に足を踏み入れることになるかも知れないし、その同盟国も同様だ」

「我が国では集団的自衛権の問題でしょうか？」

「それもあるが、それよりもアメリカ国内の政治、経済、治安に大きな影響を与えるはずだ」

「そこに日米関係に関する大きな問題も出てくるのでしょうか？」

「そう考えている。米国と表面的には親しい関係にある同盟国も、最近は米国の外交政策に疑問を感じているところが少なくない。そういう同盟国は米国に追従するフリはしても、今回のアメリカ大統領の制裁発言に支持表明をしていないのが実情だ」

東出は現在の危機的ともいえる国際状況を知れば知るほど憂慮せざるを得なくなっていた。

「日本は今のままの『煮え切らない態度』でよいのですか？」

「ある意味で日米両国は運命共同体的な関係にある。その最大の背景が日米地位協定にもあるように、国内の基地問題に集約される」

「今の政府はこれをどう受け止めているのでしょうか？」

「そこを官房長官に確認しておく必要を、頓《とみ》に感じているところだ」

東出は壁の一点をジッと目をこらすように見つめていた。

小山内は相変わらず多忙を極めていた。これにほとんど同行する大田も同様だった。

秘書官として二年目に突入したこの頃では大田も「死なば、もろとも……」の意識を持って小山内に付くようになっていた。

かつて、ある警視庁公安部のエリート部員が、ある上司の名前を出して「あの人のためなら何でもやりますよ」と語っていたことがあった。大田が「何でも……とおっしゃいますが、殺人でもできますか？」と訊ねた時、このエリート部員は「もちろん。あの人が命ずるのであれば、何の疑いもなくやりますね」と即答したのを聞いて、背筋が寒くなったことがあったが、今の自分はまさに同じ状態ではないのか――大田は自問自答しながら、「ちょっときてくれ」という小山内の指示に従って、官房長官執務室のドアを叩いた。

執務室に東出内閣危機管理監と内閣情報官がいた。そんな場になぜ自分が呼ばれたのか、大田は理解できなかった。この二人は大田にとって警察庁における殿上人に他ならない存在だった。彼らは、大田の姿を認めて軽く頷くと、話を続けた。

「ウクライナ問題に関してヨーロッパ諸国の中で、アメリカのために重い腰を上げようという姿勢がある国は極めて少ない状況です」

「プーチン政権の脅威を深刻に感じている国も多いのではないかと思います」

「中立を表明している国が多いのも、ウクライナとロシアの歴史的に特殊な事情を知っているからでしょう」

危機管理監と情報官の会話を聞いて小山内が言った。

「米外交の影響力が失われつつある現状の中で、日本はどのような立ち位置にあるべきか、政府としてある程度判断しておきたい」

危機管理監は前警視総監であるが、その視点はもともと首都東京の安全だけでなく、広く海外から日本全体の安全を眺める資質を兼ね備えていた。しかも彼は沖縄県警本部長の経験もあり、日米外交の最先端で諸交渉を行なってきた実績もあった。

「かつて我が領土をして『不沈空母』と評したトップがおりましたが、日米安保条約の枠内で、我が国が現在の繁栄と国家的安全を保っていられることは誤りがない事実です。ただし沖縄には多大な迷惑を掛けていますが……」

「それはかつて共産主義にかぶれていた一部の野党勢力も唯一の革命政党を除いて、今では皆が気づいている事実ですから、特に問題はないと思います。ただし、ウクライナはともかくとして、過激なイスラム原理主義に対するアメリカの攻撃に際して、集団的自衛権を行使するかどうか……という点に関しては慎重に判断しなければならないと思います」

危機管理監と情報官の会話を聞いて小山内はゆっくりと頷きながら訊ねた。

「国内での問題は沖縄を除いて大丈夫だということなんだろうが、アメリカの影響力にこれだけの陰りが出てきた要因をどう考えていますか？」

情報官が口を開いた。

「この件に関しては官房副長官の方がお詳しいとは思いますが、内調の外郭団体からの報告では大きく三点が挙げられております。第一にアメリカの工業分野の衰退です。特に一部のコンピューター関連と航空機部門を除いて、あらゆる部門で生産技術が劣化したことです」

「なるほど……車も駄目だしな……」

「はい。この点ではドイツと日本が新たなリーダーになっています」

「アメリカから学んだ技術を確実にグレードアップした国民性にあるんだろうな」

「そう思います。第二は莫大な債務国家に転落したことです」

「その点では中国やロシアにも頭が上がらない状況になってしまっているからな……」

小山内も頷いて同意していた。

米国の対外純債務は実質的に、歴史的に見てこれまで経済が崩壊したいかなる大国よりも大きいのだ。

「もし、中国やロシアが保有している米国債券を売却でもしようものなら、たちどころにドルや米国を中心とした金融市場は破綻しかねない。さらにこの影響はアメリカ本国だけでなく、アメリカの影響力が強い東アジア諸国に一瞬のうちに通貨危機を招くことになるでしょう」

「それは日本も同様だな。日本もいい加減に債務大国から脱却しなければならない」

「そのために消費税の引き上げを狙ったはずなのですが、霞ヶ関の役人の多くは、今回の概算要求を見る限り、国家の危機意識を持っていないのが残念です」

小山内が身を乗り出して答えた。

「そこは官邸主導で国の借金返済に動くつもりだ。その方向性を示して実行して初めて、将来への安心から、国民にも購買意欲がでてくるというものだ」

「その意識がアメリカ国民には少ないですからね。特にクリスマス商戦になると、金もないのにクレジットで大量に買い物をして、結果的にそれを踏み倒す事例を十年以上も繰り返している。リーマンショックの時もクリスマス商戦だけは変わりませんでしたから」

「日本が借金大国になっても、まだ円に信用があるのは国民の蓄財能力のおかげであることは政治家だけでなく、霞ヶ関の人間なら当然知っているはずなのに、それを他人ごとのようにとらえてしまうところに忸怩たる思いがあります」

小山内は目を瞑って聞いていた。これを見て情報官が続けた。

「三番目は世界の自由貿易に関しての影響力を失ってしまったことです」

「具体的にはどういうことだい？」

情報官の年次的に一期先輩にあたる危機管理監が訊ねた。情報官がゆっくり頷いて答えた。

「かつてブロック経済というものがあった時代、アメリカは同盟国内で市場の番人という立場で様々な特権を求めた時期があり、周辺諸国も暗黙の了解でこれを与えていたわけです」

「世界貿易機関（WTO）の存在が、これを作ったアメリカ自身の首を絞めているということなんだな」

「はい。それはアメリカが『いいものを作る』という意欲を失ったことに他なりません」

「自助努力を求めるのもハードルが高くなりすぎたきらいがあるな……」

目を瞑ってジッと話を聞いていた小山内が重い口を開いた。

「アメリカ再生の道はどうなんだ？」

「一極集中の経済体制を改めない限り難しいでしょう。大金持ちの皆さんがさらなる金を求めないで利潤を株主や社員に回し、大型相続税を導入するなどの抜本的な経済政策を行うことと、莫大な債務を返済する努力を国民に理解させることです」

「あれだけナショナリズムが生きている国だ。理解は得られるのではないのか？」

「多種多様な人種構成と圧倒的な貧富の差がこれを邪魔しています。教育問題から再スタートしなければ難しいでしょう」

「それは日本と同じだな」

「いつまでもアングロサクソンだけの国家ではないことを、イーストエスタブリッシュメントが寛容な気持ちで理解する必要があるでしょう」

小山内は改めて大きく頷いて、ふと大田を見て言った。

「君はこの数年間、直接多くの国会議員や霞ヶ関のトップクラスと会ってきたわけだが、先輩方の意見を聞いてどう思うかね」

「この数年で政権交代に続いて参議院選挙が行われ、国会議員の顔ぶれもだいぶ変わりました。その結果、久しぶりに国会内のねじれ現象が解消され、安定政権が出来上がったわけですが、霞ヶ関を使いこなす人材が圧倒的に少ないことが問題だと思います」

大田は二人の大先輩の顔をチラッと見て話を続けた。

「世襲議員と霞ヶ関上がりの議員が増え、特に後者は霞ヶ関の何たるかを知る立場に就く前に政界に入ってしまっています。いわば、霞ヶ関の言いなり議員が増えたということです。しかも、彼らの多くが霞ヶ関在職中にアメリカに留学しています。中途半端なアメリカ信奉者が多いのが気になっています」

危機管理監が大田に訊ねた。

「それは警察的な危機管理意識を持たない連中……ということなんだな?」

「はい。アメリカ留学者のほとんどがイーストエスタブリッシュメントの巣窟である、アイビーリーグの大学を選んでいます」

「箔がつくからな」

そう答えた危機管理監もハーバード大学に留学していたことを大田はよく知っていた。

「確かに世界中から知識と人脈を求めてアイビーリーグの各大学に留学するのはわからないでもないのですが、果たして、アメリカ国民の中でも最も人種差別意識が強い彼らが、どれだけ本音を語り、日本人を受け入れようとしているのか……疑問です」

「イーストエスタブリッシュメントの多くに白人至上主義が根強くはびこっているのはわかるが、それでも現在のアメリカ国民は黒人大統領を選んだではないか？」

「それは二大政党制による負の選択しかなかったということだと考えています」

「負の選択か……それで議会は常に大統領に反発している……というのか？」

「黒人大統領に続いて女性大統領を選択することで、アメリカ大統領こそ、真の民主主義と世界のリーダーであると世界にアピールしたいのだろうと思います」

「それは、誰の意思なんだ？」

「イーストエスタブリッシュメントの総意だろうと思います」

「しかし、今のアメリカ大統領にその力があると思うかい？」

「残念ながら。これまでの大統領の中で、国内だけでなく、国際的な視点から見ても、最も脆弱な基盤に立つ大統領だと思います」

その時、警視総監から官房長官に至急報が入った。

「何か起きましたか」

小山内が冷静な声で言うと、電話の向こうの警視総監は緊張した声で答えた。

「イスラム国の友誼団体に当たる、『イスラムの春』というイスラム原理主義の中でも注目されている過激派が日本国に対して宣戦布告する旨の発表を行いました」

警視総監の声は外部スピーカーを通して同席者全員に届いた。

「緊急の国家安全保障会議の事務局である国家安全保障局を招集しなければならないな」

国家安全保障会議は国家安全保障に関する重要事項および重大緊急事態への対処を審議する目的で、内閣に置かれる行政機関の一つである。そしてこの会議をサポートするために各省庁間を調整する事務組織として内閣官房に置かれているのが、国家安全保障局である。

「その前に警視庁公安部が現在視察中の概要をご報告したいと存じます」

間もなく警視総監と警視庁公安部長が官邸を訪れた。

警視庁公安部外事第三課は国際テロリズムに関する情報収集とこれに関する違法事案

の摘発を主たる業務としている。

外事第三課は、この二日前に国内で海外の国際テロリスト団体と接触を図っていた国立大学の二人の男子学生をマークし視察していた。そして彼らが出国する前日に刑法の私戦予備・陰謀の疑いで身柄を拘束したのだった。

「刑法の私戦予備・陰謀の疑いですか……珍しい罪名ですが、それは立証できるのですか？」

「公安部という組織はあらゆる法令を駆使して事件を摘発していくのです。たとえそれが現実にそぐわない法令だとしても……そうですね、決闘罪などという明治時代に作られた法律であったとしても、その法的構成要件を満たす行為があれば、それを適用していくのです」

刑法の私戦予備及び陰謀罪とは、外国に対して私的に戦闘行為をする目的で、その予備または、陰謀をした者を罰する規定で三ヶ月以上五年以下の禁錮刑にするとしている。「予備」とは国家の意思とは関係なく私的に外国に対して武力行使を行う目的で武器や資金の調達、兵員の募集などを行うこととされる。

一方で、「陰謀」とは、二人以上の人間が武力行使のために謀議などを行うこととされている。

「この規定が実際に使われるのは、極めて異例なのではないですか」

小山内の質問に公安部長が答えた。

「確かに、異例ではあります。しかし、イスラム国は宣伝用動画をインターネット上で公開するなど全世界を対象に巧みな宣伝活動を行っており、イスラム教の教義を知らない日本人でも、その影響を受けかねないのが実情です。今回も国立大学の学生が二人で現地に赴こうとしたわけですから。適用できるものは適用して参ります」

「それが公安ですか」

「公安警察はオールオアナッシング。つまり事件を起こされたら負けなのです」

「未然に防ぐことが第一と言うことなのですね。そのために徹底した情報戦を繰り広げる……」

外事第三課がこの事件の端緒をつかんだのは、国内でも著名なイスラム文学の大学教授の行動確認を進めていた時だった。

イスラム国と接点を持ちたいマスコミ関係者も数多く訪れる中で、一人だけ毛色が変わった男が数日間にわたって大学教授の自宅を訪れていた。この時、事件捜査の責任者だった警視は、この男に、かつてオウム真理教に傾倒していった多くの若い学生たちと同じ匂いを感じ取っていた。

「マークした方がいいな」

早速、三人の捜査官が行動確認を開始した。秘匿の写真撮影を皮切りに都内の宿泊先のチェックが始まった。撮影された写真を全国の運転免許証台帳と照合すると酷似した男三人が浮上した。さらに行動確認途中で遺棄したタバコの吸い殻から指紋とDNAを入手し、前歴者カードと照合する。さらにはパスポートの取得状況、使用している携帯電話の割り出し、宿泊していたビジネスホテルの宿泊者カード等を洗い出した結果、九州大学在学中の二十六歳の男であることが判明した。

「宿泊者カードは偽名ですね。私文書偽造でもパクれます」

「もう少し泳がせろ。今すぐに動くというわけではないだろう。金も必要だからな」

銀行調査、携帯電話の通信記録、通信傍受が開始される。

「預貯金残高は百二十万円です」

「学生にしてはまあまあというところかな。入金はどこだ?」

「バイト先からの銀行振込だけで、仕送りは得ていないようです。両親は大分市に在住で、父親は学校教員。バリバリの左翼系組合員です」

「あの辺は多いからな……奴もその影響を受けたのかもしれない」

「福岡県警によると、左翼系団体での活動歴が把握されていましたが、父親が所属する団体とは異なっており、この数年はほとんど左翼活動は行なっていないようです」

二日後、この男は新宿から高速バスで福岡に向かった。捜査官が四人がかりで行動確認を続けた。

「トルコのイスタンブール行き片道航空券を購入しました」

「渡航日はいつだ？」

「十月一日です」

「あと一週間か、行確メンバーを増やそう。接点を持つ人間を全て洗い出せ」

五日間で十人の捜査官が福岡に送られた。その間二十二本の国際電話、十五件の電子メール、十本の架電が確認された。

「こいつは本気でやる気だな……」

架電先の中には、かつてイスラム原理主義の兵士として戦った経験がある男も含まれており、トルコからシリアへ入る航空券の入手方法と、その時期についてのアドバイスも受けていた。

「都内に戻ったところで身柄を拘束する」

現状ではまだ違法行為と認定できる物的証拠は何もなかった。何を考え、それに基づいた準備行動を取ろうが、凶器を準備するわけでなければ、信教と思想の自由たる、日本国憲法に保障された自由権である。

「ガサ入れは令状で、任意同行は限りなく強制に近いもので行う。『冗談のつもりでした』などという言い逃れをされないような裏付けを徹底して行う」

男が取った様々な言動は本気指数に基づいたものとして、裁判所も理解してくれるに十分なものだった。

「危機管理監に一報を入れた方がよろしいでしょうか」

公安部長が警視総監に相談した。

「身柄を拘束するまでは全て隠密に行おう。危機管理監も官房長官も理解してくれるだろう」

「ＣＩＡにも秘匿で行ないます」

「それがいいだろう。今の官邸は危機管理に関しては極めて厳重だ。この件に関しては先手、先手で進めていくことだ」

一週間後都内のビジネスホテルで身柄を確保された男は容疑を全面的に認めたため、逮捕された。

外事第三課はこの間、逮捕した大学生がコンタクトを取っていた海外の人物の周辺や影響力等を慎重に捜査した結果、「イスラムの春」の存在を確認していた。

「海外からの入国者を徹底してチェックする必要がある。さらには武器の持ち込みに関してあらゆるルートを使って水揚げ前に押さえる必要がある」

公安部長が外事第三課長に指示を出していた。


首相官邸には内閣危機管理監、内閣情報官に加え、内閣官房副長官も呼び込まれた。

「国内でテロが発生する可能性はどうですか？」

落ち着いた口調で小山内が公安部長に訊ねた。

「宣戦布告から時間が経てば経つほど、イスラムの春の影響力が中東で弱体化することは明らかです。宣戦布告と極めて近い時間に行動を起こすことが、これまでの彼らの動きから常識であると考えられます」

「海外にいる日本人を拉致して処刑するような行動を取るとは考えられませんか？」

「イスラム国はその手法でしたが、イスラムの春の宣戦布告は相手国に侵入して交戦することこそ宣戦布告である旨の主張を繰り返しています」

小山内は腕組みをして訊ねた。

「イスラムの春という組織が我が国に対して宣戦布告した理由はわかっているのですか？」

「逮捕した大学生から二百万円の現金を受け取る予定だったようです」

「収入の道が途絶えた……ということですか……。たったそれだけのことで国家に対して宣戦布告をするものなのでしょうか」

「イスラムの春がコンタクトを取っていた日本人は逮捕された大学生だけでなく、さらに数十人が確認されています」

「そうですか……そうなると国内治安を守るのは警察の仕事ですが、警察だけで大丈夫ですか?」

「今は警察しかありません」

「なんとしても国内でのテロを阻止して下さい」

国内全ての警備警察が迅速に動いた。入国審査に際し、空港、港に対して徹底した手荷物検査の実施を行なった。さらにCIA、MI-6、モサドをはじめとする情報機関との情報交換も積極的に行われた。

「特殊プラスチックとセラミックを感知できるシステムを導入しています」

「3Dスキャナーによるリバースエンジニアリングによる武器製作が組織的に行われている可能性がある」

リバースエンジニアリングとは、機械の分解や、製品動作観察等により、製品構造を分析し、製造方法や動作原理等を調査する事である。

工業製品のリバースエンジニアリングを行うこと自体は、原則的には合法行為である。

しかし、すでに国内でも解析行為によって得た情報によりクローンを作って製品化できる3Dスキャナーを利用して、発射可能な拳銃を作製した容疑で逮捕事例もある。

その翌日、驚くべき事件が発生した。

「羽田空港で強化プラスチック製のカラシニコフ銃が摘発されました」

「カラシニコフ銃？」

羽田空港署から送られていたファックスを外事三課長が公安部長に示しながら報告を行った。

「しかも、これを所持していたのは十歳の女の子で、その銃はキティーちゃんが全体にデザインされていたのです」

「キティーちゃんのカラシニコフ銃か……AK－47自動小銃なんだろう？　実射可能なものなんだな？」

「構造上発射は可能ですが、弾倉に装塡できる三十発全てを発射できるかどうかは実験してみないことには何とも言えません」

「所持理由は？」

「出発地のインドネシアで知らない男から預かったそうです。ジャカルタ空港でも玩具としか見ていなかったようです」

「やはり、奴らは本気でやるつもりなんだな……」

公安部長は絞りだすような声で言った。

「当日、空港に来ていた不審者を公安総務課員が、世田谷区内にあるモスクまで追尾したようです」

「そのモスクを徹底的に視察し、通信傍受を進めてくれ」

視察の結果、当該モスクには様々な国際郵便物が届いていることがわかった。

「武器庫か……」

モスクは宗教法人の宗教施設として申請されており、聞き込みの結果二、三十人の信者が訪れていることも明らかになった。通信傍受と行動確認の結果、近々のうちに何らかの行動を起こすことが判明した。

「機動隊では無理だ。ＳＡＴを突入させるしかなかろう」

ＳＡＴは中隊長以下で現場を想定した訓練の実施を開始し、翌々日には出動態勢が整った。午前六時、機動隊四個中隊が外周警備を開始し、付近住民を静かに避難誘導させた。

同時刻、官邸には秘匿で国家安全保障局が招集されていた。

現場の状況は帯同している映像班からの衛星通信画像により四台のモニターに映しだされていた。

午前七時、警視庁本部十七階の総合指揮所から警備部長の命令に基づきＳＡＴ部隊一個中隊四十人がモスクに突入した。すでに建物の設計図は建築に携わった建設会社から入手していたが、内部構造が変更されている可能性があったため、外部からのX線とレーザー探査によりCADシミュレーションを行なっていた。

「素早いな。全く無駄のない動きだ」

思わず小山内も声に出していた。

「銃で反撃している……」

「装備は万全です。内部には赤外線チェックの結果、男ばかり二十一人がいるようです」

公安部長が説明を行なった。

「あっけなかったな」

突撃からわずか二十分で犯人らは全員逮捕された。押収された武器は拳銃三十五丁、手榴弾二十個、弾薬二百五十個であり、全てが部品で運ばれモスク内で完成品が手作業で組み立てられていた。

イスラムの春グループのアジト摘発と関係者三十数人の逮捕は海外にも一斉に報道された。日本国内で国際テロが敢行されようとしていたこと、さらにはこれが水際で阻止されたことに海外からも賞賛の声が上がった。

「警察はよくやってくれた」

総理大臣からのメッセージを小山内が警視総監に官邸で伝えながら、今後の対応について、同行していた公安部長に質問した。

「イスラムの春からの攻撃は押さえることが出来たが、その親元のイスラム国には、日本国としてどう対応すればいいと思いますか？」

「まず、シリア、イラクの指導者たちがこれまでどれだけいい加減な支配をしてきたかということがイスラム国が成長してきた背景にあると思います」

「イスラム世界の中で最も大きな問題はあまりに大きな貧富の格差だろう。貧しい市民はシャリーアというイスラム法さえ守っていれば弾圧はされないという、親イスラム国市民が増えていることは確かだ」

「イスラム国が国家としての統治機構を作り始めていることは確かですが、若い外国人が高い地位を与えられていることなどを考えれば、オウムの世界と変わらないのです。時間が経てば経つほど、イスラム国を根絶殲滅するのは困難になってくると思います」

「イスラム国の統治の実態を公安部は、どの位情報を得ているのだ？」

「現在、ジャーナリスト情報は取っておりません。内部で信頼できる仲介者を細心の注意を払って獲得しています」

「それは公安的手法を用いているのだろうが、危険はないのか？」

「そこは極めて慎重に行っています。こちらから内部に入ることはしておりませんし、外部からの資金提供の遮断を行いながら進めています」

「そこまで公安部がやっているのか？」

「日本版ＮＳＣがやるのが本来の姿でしょうが、まだ箱モノだけの状況ですから公安部がやるしかないのが実情です」

「イスラム諸国のリーダーたちは、ビジネスや経済の発展が過激な思想の広がりを食い止める解決策になるという、極めて他人ごとのような姿勢です」

「イスラム諸国の中にはイスラム国の存在を危険視している者も多いのですが、これまでのシリアやイラクの現状をよく知っているだけに、積極的な防止策を講じることは期待できません」

公安部長の話に小山内は苦虫を嚙みつぶしたような顔をしていた。

警視総監が席を外すと危機管理監が内閣情報官に訊ねた。

「海外の情報機関との情報交換は上手くいったのか」

「国際テロに関してはどの国も頭を痛めております。その点で、今回はどの国も対岸の火事という意識ではなかったと思います。現にイスラムの春に対する総攻撃をアメリカが実施しました。この活動拠点を見つけ出したのは警視庁公安部でした」

「そうだったな。海外も日本の情報収集能力に一目置いてくれるようになるだろう」

するど同席していた大田が首をかしげながら呟いた。

「しかし、日本の世界における立場は今のままでいいのでしょうか」

「どういうことだ」

「日本を取り巻く環境の変化を日本人は考え直した方がいい時期に来ていると思います」

「どう変化しているというんだ」

「日本がいつまでも大国ではないということです。そして、それを求める時代ではないと思います」

「その環境の中で、日本はどうすればいいと考えているんだ?」

危機管理監の言葉は穏やかではあるが、「はっきりと答えよ」という重みがあった。

「私は、日本は過去の栄光にとらわれることなく、分相応の立場にいればいいと考えています」

「分相応か……具体的には?」

「資源もなく、食料自給率も低い。技術力だけで世界をリードするには無理があります。中国の覇権主義と韓国の暴走には断固として対応しなければなりませんが、それ以外は中立的な立場を保つほうがいいかと思います」

「しかし、GDPは未だに世界のトップクラスだぞ」

「背伸びすることなく、静かに大局を眺めていてもいいのではないでしょうか。ただし、そのためには憲法を改正し、自衛隊を軍隊として積極的防衛戦略を構築すべきだと思います」

「それで国民生活はどうなる？」

「単年度会計を緩和して、余剰予算を借金返済に回せば、馬鹿げた年度末の予算使い切りシステムは減少するでしょう。消費税率を一〇パーセントにするなら、その分、ガソリン税や酒税を緩和する必要もあります。健康保険制度も抜本的に見直して、正直者が馬鹿を見ない政策を構築すべきです。高等教育問題もしかり、不必要な高校、大学に対する国家補助はやめるべきだと思います。ただ遊ぶだけのために行く高校など必要ないでしょう。後継者がいない産業や第一次産業の人手不足を外国人に委ねることこそ誤りです。二十代、三十代の男子が平気な顔をして生活保護を受給し、偽装結婚で日本国籍を得た不良外国人にも同様にこれを与える……そんな馬鹿げた国家は、世界中見渡しても日本以外にはありません」

　情報官が「フフッ」と笑って言った。

「お前もずいぶん過激になってきたな。健康保険制度の見直しを言う公務員は珍しいぞ」

「健康保険料の不正受給者があまりに多いからです。特に爆発的に増加している接骨院は社会問題に発展しています」

「それは医療との違いを明確にしない厚生労働省に問題があるからだ」

「厚生労働省の守備範囲が広すぎるのです。もう一度省庁再編を考えた方がいいと考えます。現に厚生労働省内部でも厚生部門と労働部門の共同作業など皆無という報告もあるほどです」

ジッと聞いていた小山内が思わず苦笑いするほど話が本筋から逸れたため、危機管理監が大田が話すのを止めて言った。

「お前の言わんとすることはわかった。世界の中での日本の立ち位置はそれでいいかも知れないが、対アメリカ外交をどうするか……その点に集約するとどうなる？」

「日米安保条約が存続する限り、アメリカの庇護下にあることは誰の目から見ても明らかです。ただし、アメリカも最近は様々な形でアメリカ独自の政策から国連やＮＡＴＯ、環太平洋パートナーシップ協定を包含した外交に走っています。日本もそろそろ、国連との距離を置いてもいい時期に差し掛かっているのではないかと思います」

「なに？　国連と距離を置く？　どういうことだ」

「国連への支出額で日本はアメリカに次いで第二位です。国連という組織が第二次世界大戦の戦勝国規定を存続させている中で、戦勝国でもないロシア、中国が安保理の常任理事国となっているのに、国連への支出が敗戦国よりも少ないというのは理不尽以外の何ものでもないと思います」

「確かに戦勝国はソビエト社会主義共和国連邦と中華民国でロシア連邦でも中華人民共和国でもないが、それは歴史の変動過程で承認されてきたことだ。今更言っても仕方あるまい」

「それならば、国連への支出は戦勝国よりも少ない額でいいのではないか……ということです。どれだけ国連経由で途上国を支援しても、日本という国を全く尊敬もしてもらえないのでは、独りよがりの奥ゆかしさが、むしろ滑稽にさえ思えてきます。金を払っているから言いたいことが言える……そんな時代ではありませんし、これまで一度も言いたいことすら言っていない日本の存在意義が国連の中にあるのか……高額納税者が生活保護者から馬鹿にされているような形だと思えて仕方がないのです」

　小山内もこの言葉には驚いた様子で、つい言葉が出た。

「日本は戦後、アメリカを中心とした国連の支援を受けたからこそ、今日の繁栄があるんだ。それに対して恩を仇で返すようなことは人道的にできないだろう」

「もう、十分に恩返しをしたのではないでしょうか。そして日本の発展はアメリカとの安保条約のお陰で軍備に金を掛けずに済み、経済発展に全力を集中してきた結果であることも理解しています。ドイツや朝鮮のように国家を二分されることもなく一国平和主義を享受できたのも事実です。しかし、すでに戦後七十年を経ているのです。東西冷戦構造も崩れ、社会主義革命という名のもとに多くの自国民を抹殺してきた国家が、国連の安全保障を担っている矛盾を誰も否定出来ない……そんな組織にあれだけの血税をつぎ込む必要があるのでしょうか？　日本の国家主義的官僚構造意識が国連への忠誠心を過剰に示しているだけではないのでしょうか？」

大田の発言に小山内も言葉を失っていた。危機管理監と情報官も顔を見合わせていたが情報官がようやく口を開いた。

「国家主義的官僚構造意識というのは君の造語か？」

「言葉を換えれば『地方分権を叫ぶ国家公務員的な高圧的な感覚』ということです。地方分権は国家が権限を分けてやる……といういわゆる上から目線なのではないでしょうか。地方在権、もしくは地方返権と言うべきです。ただし、全ての地方がこれを求めているわけではないことを理解するべきです。地方には権限を委ねられても、これを行使するだけの人材もノウハウもないのです。ですから国家主義的という文言を使ったのです」

「なるほど、面白い発想ではある」

「もし、地方に権限を移譲するとしたら、都道府県単位では四十七ヶ所同時に、市区町村もまた一斉に行わなければならない。その人材を都府はともかく、道県はどうやって確保しますか？　市区町村ならばなおさらでしょう。国会議員の方もわかっている方が多いはずなんです」

「予算には国費と地方費があるが、原則的に使用基準は国から示しているからな……なかなか地方の独自性を表現できないのは事実だ……」

　小山内が言った。

「確かに地方自治体は外交、防衛以外は国と同様の権限を持っている。それに紐付きではない予算の裁量権を与えると、地方自治体の予算編成は大変なことになるだろうな」

　紐付きと言うのは、使用目的を国が決めて予算を配分する方法をいう。

「金の使い方は国連に全面的に任せているし、さらにユニセフ等の内部機関は別個に寄附を求めてきている。日本は欧米のような寄附行為に馴染んでいないが、ユニセフ、ユネスコには寄附が集まっているようだ。しかし、その寄附の総額は公表されていても、国別のそれは明らかにされていないな。大田の言わんとすることが何となくわかるような気がしてきた」

　危機管理監がそう言うと、小山内の顔を見た。小山内は何度か頷きながら三人を見回して言った。

「今、総理は国際的にも責任ある地位を目指している。しかし、そこには常任理事国入りも視野に入れていることを理解しておいてもらいたい」

「常任理事国入り……ですか。ドイツとの共同歩調は取れているのでしょうか？　そしてドイツもまたそれを望んでいるのでしょうか？」

「次のサミットの際に個別の首脳会談を行うことになるだろうな」

「ところで、常任理事国になることで何かメリットはありますか？　拒否権制度をなくし、多数決制度に切り替えるというのならば、まだメリットはあるとは思いますが、拒否権という悪しき伝統を踏襲する限り国連安保理の存在価値は変わらないと思います。そして何よりも大事なことは戦勝国条項を撤廃することこそ、今後の世界の安定につながることだと思います」

危機管理監の言葉に小山内も大きく頷いた。

第五章　内部調査

「『解散は内閣を強くし、改造は弱くする』と言われていますが、今回、敢えて改造を行う意図は何なのでしょうか？」

「組閣は総理の専権事項ですから私がとやかく言う問題ではありません」

「官房長官も交代するのではないか……という観測気球も上がっているようですが、その点はいかがですか？」

「それも、私が答える筋合いのものではないでしょう」

官邸の地下一階にある定例記者会見室で小山内は記者会見を行なっていた。官房長官に就任して早一年九ヶ月が過ぎていた。その間、一人の脱落者も出さずに内閣を運営できたのも、閣僚一人ひとりが長期政権の礎を築くことを真剣に考えていた結果だろうと小山内は考えていた。

たった一人の失言で内閣は後ろ向きに余計な労力を傾けなければならなくなる。一年九ヶ月の間、閣僚に健康上の理由も含めて一人の交代もなかったのは、戦後初めてのことだった。

記者会見を終えて官邸の執務室に戻ると一回生の頃から懇意にしているマスコミ関係者から携帯に電話が入った。

「官房長官、だいたい、話の出処《でどころ》がわかりました」

「あ、そう」

小山内はさり気なく答えた。外遊中の総理がぶら下がりの記者に内閣改造の話題を口にしたという話は二週間前に一斉に報道されていた。その中で総理自身が「官房長官の処遇も白紙である」旨を口にした関係で、総理と官房長官の間の蜜月関係にヒビが入ったのでは……という噂が広まっていたのだった。

「総理の出身派閥の中堅議員数人が、いかにも、つい口を滑らしたように装いながら吹聴しているようです」

「なるほど。私も次第に敵が増えてきたようだな」

笑いながら小山内が答えた。

「今夜の第二会合はどちらですか？」

「今夜は総理が外遊中なので入れていないんだ」

「それでは、いつものところで如何《いかが》ですか？」

「わかった。三十分くらい遅れるが、それでいいかな？」

小山内は相変わらず、ほぼ毎日、朝一組、昼一組、夜二組の面談を行なっているが、総理が外遊中の場合には、夜の会合を一件にとどめていた。時差に関係なく海外での総理のコメントが入ってくるからだった。安藤総理は日本の首相としておそらく初めてであろう、様々な産業分野における日本製品のトップセールスを行なっていた。

小山内が、議員やマスコミ関係者の中でも近しい者との会合場所として利用しているのは、総裁選で安藤の擁立を画策したのと同じ老舗ホテルの一室だった。

「今回も総理は多くの業界関係者を引き連れての外遊ですね」

「日本の技術を国として売り込むのが主眼でもあるからね。経団連会長を始めとして、今回は業界関係者も百人を超えている」

「商談も上手くいった中で行われた記者懇での内閣改造発言だったようですが、そこに総理の本音が混じっていたのではないかという憶測が広がったようです」

小山内は好物のフレンチ仕立てのウニ入りスクランブルエッグを、大きめのスプーンで口に運びながら、在京テレビ局の政治部論説委員の話を聞いていた。

「通常、内閣改造をする時に『このポジションは替えません』とは言わないだろう。初組閣の時同様に、全てが白紙の状態でなければ改造はできないものだ。総理が私を含めて白紙の状態とおっしゃったのも、当たり前と言えば当たり前の話だからね」

「すると、現地のマスコミが大きく捉え過ぎた……ということですか？」

「まあ、大臣病患者は多いからね。ただ、党内に亀裂を生むような発言は控えてもらいたいという立場から、群発地震の震源地を探ってもらったんだよ」

「なるほど群発地震とは言い得て妙ですね……その震源地ですが、主として総理の出身派閥の五回、四回生が意図的に発言していました」

「ほう……私が無派閥の人間だからかも知れないな。総理の側近を自任する人も多いからね」

小山内は表情一つ変えずに言った。小山内自身もその気持はわからないではなかった。総理の出身派閥は今では党内最大派閥になっていた。そして総理の女房役とも言われる官房長官の役職は他の閣僚とはひと味もふた味も違う意味合いがあったからだ。それを自派閥ではない、しかも完全なる無派閥の自分が担っているのだ。そういう人にとっては小山内の存在が面白いハズがなかった。

「小山内さんはこれまでの官房長官の立ち位置を大きく変えたように思います」

「調整役という立場のことかな？」

「はい。これまでの官房長官は総理の補佐役であり、内閣のスポークスマン的な立場が主だったと思います。ところが小山内さんは各省庁どころか、そのトップである大臣間の調整を行なっているという点です。しかもそれが霞ヶ関だけではなく、経団連をはじめとした財界や企業にまで直接及んでいる」

「まあ、時代が変わったということでしょう。アメリカでは政官財の全てが大統領を中心に動いているわけで、直接代表制と日本のような間接代表制の違いはあれ、国のトップの判断がすぐに実行されるには、それなりのスピード感が必要なんです。そのためには縦割り行政の個々のトップが『ああでもない、こうでもない』と言っていては何も進まない。政治が強いリーダーシップを取ることが、今、国民からも、世界からも求められている……そんな時代になっているということなんですよ」

「それができるようになったのは、やはり政治の安定ということですか？」

「そうだね。だからといって何でも強権で行うわけではありません。国を挙げて行うべきことは政治がリーダーにならなければならない。企業の判断でやったことが、実際に国の利益を損なうことだってあるわけでしょう？」

「中国への新幹線輸出のように……ですか？」

「まあ、それはそれだけどね」

小山内が曖昧な笑い方をした。

世界の高速鉄道の中で日本の新幹線技術がトップであることは、広く常識として知られている。しかし、新幹線はフランスのＴＧＶ、ドイツのＩＣＥのように在来線と同じ軌道幅で走行するものとは異なり、独立軌道を採用するため工事費用が嵩《かさ》む点で海外に輸出し難いという問題があった。

「そんな中で、日本企業と日本の商品のトップセールスを行なっている総理を、マスコミも注視していますが、それについて官房長官はどのようにお考えなのですか？」

「それだけ日本のトップは遅れていたんだと思うよ。経済一流、政治は三流と言われていた日本だが、それは国民性そのものに対する海外からの揶揄でもあったと思うんだ。安全と技術の一流に関してはもともと評価されていたからね」

「すると、官房長官もトップセールスを支持されているわけですね？」

「むしろ遅すぎた感はあるけれども、まだ巻き返しができる分野は残っているだろうと思うよ。安全と技術という疑いのない分野に加え、環境面でも日本は世界のリーダーとしての役割を担うことができる存在だからね」

「一部の報道では、金稼ぎより世界の政治的な仲介役が望まれる……という意見もありますが……」

「確かに、かつては中東問題等に関して欧米と中東の介添え役のような立場にあったことはあるが、その当時とは環境が変わってきたのが実情だ。今、その役を中国が行なっているように見えるが、その魂胆がミエミエになってきているだろう？　自国内でイスラム教徒を迫害しておいて、中東の和平に口出しできる立場ではない。中東で行われている戦闘、特にイスラム国のようなイスラム原理主義勢力に対して政治的仲裁は不可能だろう」

「なるほど……。確かに時代は変わっていますね。特にイスラムの世界が難しくなっている……」

「それだけ、対応も難しいんだよ。シーア派、スンニ派だけの違いではなくなってきているし、原理主義者だけでなく、モスレムが本来持っている排他性が際立ってきているような気さえする。日本人は宗教に対してあまりに寛容だから、そこを逆に非難されてしまうのだろう」

「それは靖国も同じですか？」

「それとこれとは別だ。単に信教の自由だけでは済まされない、戦争という複雑な経緯を内包しているからね」

　小山内が本当に失言のない政治家であることを、古い付き合いの論説委員はよく知っていたが、官房長官という立場になって、失言をしないだけでなく、あらゆる分野に対して持論を展開できる政治家になったことを認めざるを得なかった。

　小山内といえども、これまで政治家として順風満帆だったわけではない。地方議会から国政への転身に際しても、中選挙区制から小選挙区制へ移行した最初の選挙の時であり、選挙区の選択にも苦労した。最初だけではなく、最近では民自党に逆風が吹いた際には得票率で〇・二ポイント差という薄氷を踏むような選挙を経験していた。

「もう選挙区選挙で負けるわけには行かないからな」

先の選挙で前任の官房長官が現職で敗れるという前代未聞の出来事を目の当たりにした小山内だが、自身の選挙においても未だに盤石とはいえない状況にあった。

「まあ、あの方の場合は、そもそも唯一落選を経験したことがある官房長官でしたし、失言も多かった。そんな人と比較されるのは面白くないとは思いますが、四十万人を超える選挙区民の半数くらいの票は獲ってもらいたいですね」

官房長官執務室に呼ばれた参議院の政務担当官房副長官が〝注文〟を出した。

「都市型選挙で選挙民の半数か……なかなか難しい要求だな」

「これからの選挙では選挙区に入る時間は選挙期間中でも一日あるかどうかです。しかも、現職の官房長官という立場では、数ヶ月に一度という頻度で、しかも日帰り日程しか組むことができないのですから……」

「代議士としてまだ、落選経験がないのが幸いだが、逆にそれが地元事務所や後援会に安堵感を与えてはならない。常に新しい風を送り込んでいなければ、普通の選挙民はすぐにソッポを向いてしまうからな」

小山内本人には何の汚点がなくとも、後援会や政治資金団体、県議、市議の不祥事も選挙区のトップである代議士に降りかかってくることもあるのだ。しかも、国民に対しては痛手となる消費税増税を実行し、さらにまたこれを引き上げることを公言しているのだ。

「増税に関する日本国民の寛容さには頭が下がる。欧米の先進国でも一気に逆風が吹くのが通常だからな」

「官房長官もよくご存知のとおり、国民も最大の我慢をしているのですよ。ただこの国の将来を心配し、高齢化が進む社会の中で社会福祉が安定してくれることを望んでいるんです。そして、それができるのは民自党しかなく、そのための金が必要なこともわかっている。野党に転落した民政党があまりにふがいなかった反動がまだ生きているだけだと思いますよ」

政務担当官房副長官は真面目な顔をして言った。彼自身、二年後には自分の選挙を控えているだけに、すでに選挙に関してはナーバスになりつつあった。

「それにしても増税した途端に概算要求で前年度より五兆円増えて、百一兆円を超えてしまうのですからね……霞ヶ関は何を考えているのやら……」

「概算要求にあたっての基本的な方針は示しているんだが、その意図を各省庁がどこまで汲んでくれているか……というところだな」

「厚労省、国交省がそろって九千億以上、文科省が五千億以上という、他省庁に比べて突出した増額です。しかも、厚労省と国交省はわずか一億円の差というのは、裏の根回しが行われた可能性もありますね」

「財務省もそこのところはよく見ているだろう」

政府は来年度の概算要求に対して、あらかじめ「無駄を徹底的に排除したメリハリのついた予算」という基本方針を示していた。具体的には、年金・医療等に係る経費については、高齢化等に伴ういわゆる自然増として八千三百億円を加算した額の範囲内とし、東日本大震災からの復興対策、地方の創生と人口減少の克服、防衛関係費の更なる合理化・効率化と地元の負担軽減、などが挙げられていた。

「霞ヶ関の意識改革もまだ道半ば……ですね」

「まあ、概算要求段階という甘い見方もまだ残っているのだろうが……それにしてもな……」

小山内の口元には不敵な笑いが浮かんでいた。

官房副長官が席を立つと、そこに出版社系週刊誌の編集長から電話が入った。

「久し振りだね。官邸攻撃もほどほどに頼むよ」

「何をおっしゃってるんですか。うちほど好意的に書いている雑誌は他にありませんよ」

「あれで？」

気心が知れた仲であるため、お互いに好きなことが言えた。

「ところで小山内さん、今度、官房長官に関する特集を組もうと思っているんですよ」

「そんな記事書いても誰も読まないでしょう」

「とんでもない。今ほど官房長官が注目されているのは滅多にないでしょう」

「そうなの？　黒衣を書いても仕方ないと思うんだけどね」

小山内は時々本音を口にする。小山内自身、官房長官という職を総理の黒衣だと意識していたからだ。黒衣《くろご》を黒子《くろこ》と呼ばないのは、小山内が日頃から「正しい日本語」を意識しているためでもあった。

「黒衣とおっしゃいますが、小山内さんの場合、これまでの官房長官とは全くスタンスが違うじゃないですか？」

「それは時代が変わったからだよ。必然的に官房長官が調整役にならなければ、政策全体が回らなくなったからだ」

「今回、過去の二人の官房長官と比較する内容で特集を組みたいと思っているのです」

「過去の二人……それはどなた？」

「カミソリの異名を取った大前田《おおまえだ》官房長官と最長在任期間を誇る幸山《こうやま》官房長官です」

「二人共、総理より年上の官房長官だが、そういうシチュエーションで比較するということなのかな？　ただ、二人とも、私なんかよりも遥かに大物なんだが……。私はまだ在任期間も二年たってないし、不遜な気がするよ」

小山内は官房長官執務室に掲げられた歴代官房長官の名札で編集長が挙げた二人の名前を眺めながら話していた。

「いえ、このお二人と小山内さんは長期政権を支えるという点で、極めて一致した存在でもあるのです」

「長期政権をね……確かにそうあって欲しいのは事実だが……」

小山内の官房長官としての狙いも長期政権の他にない。その間に順次安藤総理の理想を実現していけばいいのだ。喫緊の事態の判断を除けば、主たる政策実行を焦る必要もなければ拙速な判断をする必要もない。ただ粛々と国家の将来のためになることを推し進めていくだけなのだ。

「ご了承いただければ話を進めて参りたいと思いますし、インタビューのお時間も頂きたいと思っております」

「総理とも相談してみるが、結論は週末まで待ってくれるかな。今国会はなかなか案件が多いんでね」

小山内は電話を切ると秘書官の大田を呼んだ。

「大田君は大前田元官房長官と一緒に仕事をしたことはあるのかな？」

「大前田御大ですか……いえ、私が入庁した時にはすでに法務大臣になっていらっしゃいました」

「そうか……そういう世代か……」

「大前田御大もお亡くなりになって十年が経ちますが、何か……」

大田は警察組織の中でも殿上人的存在で、警察庁長官から官房長官、法務大臣にまで上り詰め、今やレジェンドとして名を残した大先輩の顔を思い起こしながら小山内に訊ねた。

「私も直接薫陶を受けたことはないし、警察の中ではどういう存在だったのか……というところを知りたくてね」

「ただ、私が上司から聞いている御大像は、一言で言うと『清濁併せ呑む方』だったということです。刑事局長の頃には一時期東京地検特捜部から身柄を狙われた存在だったそうです」

「東京地検特捜部から……それは何の容疑だったんだ？」

「ある企業の乗っ取り事件に関与していた……というものでした。その方が最後に法務大臣になられたのは実に皮肉だと、上司が笑いながら言っていたのが記憶に残っております」

「企業乗っ取り……か……」

「今となってはM&Aのハシリだった……との解釈もあるようですが、主犯は逮捕され結果的に有罪になっています」

小山内は初めて聞くレジェンドの一面を知って驚いた様子だった。大田は改めて小山内に訊ねた。

「御大が何か……」

すると小山内が人懐っこい笑顔を見せて答えた。

「いや、大前田さんがどうこうという話ではなくて、今度週刊誌で官房長官をテーマにした取材を行いたいという話が来てね、その比較対象に大前田さんと幸山さんが挙がっているということだったのでね」

「お二人とも歴代官房長官の中では超大物ですね。長期政権を支えた点では一致していらっしゃいます」

「そうなんだ。キーワードはそこになると思うけどね」

「ただ、大前田御大の政界進出と、その後の一足飛びの背景には、どうしても刑事犯となってしまったブルドーザー総理の存在が無視できません」

「確かに……」

小山内も当時国会議員秘書を務めていた時代の永田町を自分の目で見ていただけに、

感慨深げに言った。

「大前田御大が官房長官に就いたのも、元はと言えば、当初はブルドーザー総理の傀儡《かいらい》政権であった風見鶏総理の目付役として、ブルドーザー総理が派遣したわけですから」

「確かにそうだ。まさか、その風見鶏総理が大勲位にまで上り詰めるとは、ブルドーザー総理も考えていなかっただろう」

かつての政界には次のリーダー、その次のリーダーと目される者が目白押しだった。ところが、今、政権交代が起こったにしても、次のリーダー像がはっきり出てきていないのが現実である。

「化ける……という言葉がありますが、民間の世界ではなかなかない現象でも、政治の世界ではこれがまれに起こるから面白いです」

「化けるか……確かにな……しかしそのバックグラウンドには本人が持っている資質があるのではないかな？」

「そう思います。風見鶏総理も内務省時代の先輩を官房長官に迎え入れたことで、内政は官房長官に任せ、外交に力を注ぐことができたと考えられます。その点では、今の安藤総理が安心して外遊とトップセールスができるのも小山内長官の存在が大きいと思います。それは例の〝ブッ壊し総理〟にも同じことが言えるのではないでしょうか。外交ができる総理はやはり長期政権でなければいけません。今回の政権で、政治に極めて無頓着な日本国民も、ようやくそこに気付くと思います」

「日本国民は政治に無頓着なのか？」

小山内が上目遣いに大田を見ながら言うと、大田は即座に答えた。

「『日本の経済は一流、政治は三流』と言われた時代がありましたが、それは国民意識と国民行動にも、そのまま反映されていると思います。小学校の学級委員を選ぶ感覚で政治家を選んでいる。未だにその悪しき傾向は強く残っていますし、各政党の候補者選考にもその結果は如実に現れています」

「うちの政党もまだそういう段階と思うか？」

「思いますね」

大田ははっきりと答えた。流石《さすが》の小山内もムッとした顔をして大田を問いただすように見た。

「まず、直近の知事選の敗北です」

「あの候補者のどこが小学校の学級委員なんだ？」

「勝てる選挙を候補者の失言で落としたからです。集団的自衛権問題なんて、あの選挙の投票行動には全く影響していません」

小山内は厳しい目つきのままで大田の目を凝視していた。大田もまたこれを正面から見返していた。

「すると君は、候補者選考のミスだと言うんだな」

「官房長官も薄々はご存知だったはずです。ですから党の幹事長を替えざるをえないという判断を総理も持たれたと思いますし、その報告は官房長官のところにも上がっていると思います」

この敗北した候補者は出来の悪い官僚上がりらしく、その放言が怪文書となって選挙中盤に一斉に撒かれたのだった。そこには対立候補について「○○も顔つきが悪くなったよね。国会で会ったら羽織はかまでエバッていて、なんだこいつと思ったよ」と書かれており、放言を超えて暴言の域に入っていた。

「君のところにも何らかの情報は入っていたということなんだな？」

「官房長官のご指示で、未だに古巣との情報ルートはつないでおります」

ようやく小山内の目が柔らかくなった。

「いい加減、芸能人やプロスポーツ選手のような客寄せパンダの擁立は見合わせなきゃならんことはわかっているんだ」

「国民にもそれを早く知らしめてやらなければならないんです。前回の選挙で躍進して分裂した、あの政党も候補者選考で誤ったのです。次の総選挙ではまた多くの議員が姿を消すことでしょう。まあ、大阪という歴史的に『面白さ』を求める地域性もありますから、そこは別として……ですが……」

ないだろうな」

「大阪か……太閤殿下の時代から続く反役人的な感情と、反中央集権の発想は払拭《ふっしょく》でき
「反中央集権イコール反東京、反政権でもあるということですね。警察でも大阪という
地域性を一種の外国のように感じている者も多いです」

大田は真面目な顔をして言った。

「外国か……私は好きな街だがな。まだ、昔のよき日本が残っているような気もする」

「おばちゃんに……ですか？」

「うん。他人の子供を叱ってくれるのは、今や大阪くらいなものだろう？」

「その割に犯罪は多いんですけどね」

「まあいい。それよりも官房長官の記事の問題だ」

小山内と大田の話は時々大きく脱線するが、それを小山内も楽しんでいる様子があるため、大田も一つの話題からどんどん話が展開するように進んでやっていた。そしてそ
の度に小山内の知識の広さと見識の深さを実感するのだった。

「ちなみにその週刊誌は出版社系ですか？　それとも……」

「出版社だ」

週刊誌は出版社系と新聞系に大別される。そして出版社も新聞も社風によって、政府
に対するスタンスが大きく変わるため、その論調も是であったり非であったりと、同じ

政策に対しても真逆になってくるのだ。特に新聞系の場合には、かの従軍慰安婦問題一つ取り上げても、捏造《ねつぞう》まで図って部数拡大だけでなく対日有害活動に積極的に手を貸す会社があるのも事実なのだ。

「出版社でそのような特集を組むことができるのは大手三社しかないでしょうから、内容的には大きな問題にはならないとは思います。しかし、何分にも提灯記事を書いていては販売部数を伸ばすことはできませんから、引掛けや落とし穴には十分気をつけて下さい」

「気をつけよう。それよりも、大前田、幸山両官房長官経験者との対比表のようなものを作ってくれないか？　どこがどう似て違うのか、自分の中ではっきりしておくいい機会でもあると思うんだ」

「確かにそうだと思います。早急に行います」

大田は秘書官室に戻るとパソコンを開いて二人のデータを確認するとともに、古巣の警察庁警備局警備企画課に連絡を取った。警備企画課の動きは迅速だった。二人の官房長官経験者の個人データを出生から、大前田御大に関しては逝去まで、幸山氏に関しては総理と国会議員を辞職した後、現在の活動状況までを詳細に調査したものが送られてきた。

「なるほど……似て非なるというよりも、小山内官房長官を含めるとまさに三者三様だな……ただし、時勢にあった、しかも時の総理との相性としてハマリ役であることは一致している」

大前田は内務省官僚から警察トップまで上り詰めた。幸山は世襲議員の中でも国会議員になったのは五十歳を過ぎてからという遅さだった。しかも父親は内閣総理大臣をはじめとする主要閣僚を務め、幸山はその政務秘書官として各省庁とのパイプ役を担っていた。

大前田は最初の政界挑戦では落選の憂き目に遭っていた。二度目の選挙で当選すると時の総理の懐刀として各種情報活動の中心的存在となっていた。そして最初の閣僚としての大抜擢が官房長官だった。それもお目付役というよりも猫の首に付ける鈴の役目に近かった。誰が鈴を付けるか……ではなく鈴そのものなのだ。しかも、総理は内務省時代の後輩で、当時は「君づけ」で呼んでいた関係だった。当の大前田も「総理自身がまさか受けるわけがなかろう……」と踏んでいたが、結果は違った。官僚社会それも旧内務省という国家の根幹に入り、警察庁のトップに上り詰める間には、政界とのつながりが出てくるのはむしろ必然であった。

「警察庁時代から『カミソリ』と呼ばれた人だったが、官房長官という役割もまた、天が彼のために創ったようなポジション、まさに天職に他ならなかった……」

大田は警察庁から取り寄せた大前田のデータを眺めながら呟いていた。

「国政を退いてからは大前田事務所を設立して、まさに政官財のご意見番的立場で、国家危機管理の先駆者的存在となった……か……」

大前田が天職ならば、幸山の官房長官はまさに「はまり役」だった。幸山もまた官房長官というポジションが初の閣僚経験だった。この点は大前田と同じだが、幸山の場合は実力ある秘書官の経歴が官房長官としての適性を作り上げていた。皮肉交じりの飄々とした記者会見は「名言」を多く生んだ。そして結果的には四年間という長期にわたって総理を補佐してきたのだった。そして官房長官を終えた後、一人の総理を挟んで総理の座に就いたのは、彼の父親同様七十歳を過ぎてからだった。

「幸山さんがもう少し早く総理になっていれば、彼自身も日本も変わったものになっていたかも知れない」

という有識者の発言は「不毛の三年」と呼ばれた、その後のヒステリックな国民の政治行動によって引き起こされた政権交代につながっている。

国会議員を辞し長男に地盤を譲ると、民間企業の有志が結成した団体のオピニオンリーダー的な立場となって海外の要人と立て続けに面談を行なっていた。

「辞めてなお、惜しまれる存在になっていたのか……」

皮肉にも、短命に終った幸山政権だったが、その幸山が四年にわたって補佐した総理は惜しまれながら政界を去ったものの、その後は財界も眉を顰める、かつての奇人に戻ってしまった嫌いがある。

大田は二人の名脇役のデータをA４二枚にまとめて所見を述べた。これに四人の官房長官の名と警察データに基づいたコメントを付け加えた。

一人は総理と盟友感覚で官房長官の職に就いた者、一人は総理の手下的存在で就いた者、最後は大震災時に就いていた二人だった。

「なるほど……わかりやすいな。おそらく出版社も様々なデータを持って取材に臨んでくるはずだ。それにしても、警察もいろいろな角度から人を分析しているもんだな。彼が特定の極左暴力集団から支援を受けていた男とは知らなかった……ある意味では有能な男と思っていただけに残念だ。しかし、よく考えて見ればわからんでもないな……なるほど」

この時、小山内は大田の文章能力だけでなく、警備企画課裏理事官を経験した情報の分析能力に驚いた様子でニヤリと笑ってポツリと言った。

「公安は怖いな……」

国会における政党間の連絡調整には様々なルートがある。党首会談が持たれるのは最終段階で、その前さばきを行うのが幹事長・書記長会談である。国会運営に関しては議運と略される議院運営委員会と国対と略される国会対策委員会がある。前者は公式な国会の機関であるが、後者は政党同士の暗黙の了解に基づいて設置された機関で、前者よりも後者の方に重きをおく風潮がある。

この三つのルートは連絡調整に重きをおいているが、一方で他党の分裂や分断を狙った工作も日常的に行われており、その策士の能力如何《いかん》で弱小野党が発言力を持ったり、あるいは分裂の憂き目を見るのだ。

「日本改革の会がどうやら分裂するようです」

「所詮は烏合の衆だからな。数の論理だけで政治はできないということだ」

大田の報告に小山内は「当然」といった顔を見せていた。大田はこの分裂劇の仕掛人が小山内であることを政権交代が起こる前からよく知っていた。

「小山内という男は今の政界には珍しく、水面下での政界工作を得意とする政治家のようだ」

民政党で官房長官を経験した重鎮の一人が前任の官房長官に言っていたのを聞いて、大田は「今頃になってそんなことに気付くようでは、この政権も持たないな……」と感じたことを思い出していた。

その後、政権を獲得してもなお、小山内は水面下で野党分断に様々な手法を用いていた。小山内が安藤政権最大の功労者と称される所以《ゆえん》である。

「まさに政界の寝業師だな」

ご意見番的な存在となっている政治評論家が、ある会合に先立った講演で小山内を評して述べたのを大田は聞いていた。

「寝業師か……久しぶりに耳にしたが、その形容がふさわしい人物であることは間違いないな」

大田も親しい新聞社政治部の論説委員が大田に向かって言った。

「このところ安藤政権は、最大の懸念材料であった保守系野党勢力の切り崩しに成功している」

「保守系野党というところがミソですね」

「前政権を担っていた最大野党の民政党が国民の総スカンを食った形だからな。その余波を受けて伸びてきたのが保守系野党だったわけだが、どうやらこの烏合の衆も小山内マジックの前にあえなく分裂を始めた……」

「特定秘密保護法案の扱いを切り口に、正義の党の内紛を表面化させて、結果的に党を割ることに成功したわけですね」

「その手法が見事というしかなかった」

小山内は、特定秘密保護法案に対して、正義の党の党首、赤坂正隆《あかさかまさたか》と同党の幹事長、郷田洋《ごうだひろし》の間で意見の相違があることをキャッチするや、安藤総理と赤坂党首の会食をセッティング。一気に赤坂を法案賛成の立場に引っ張り込み、これに反発した郷田との亀裂を決定的なものとした。結果的に郷田は、自身に近い議員を集めて、正義の党を飛び出して、新党・夢の党を結成するほかなかった。

「この分党劇が、次の分党劇を呼ぶんだな」

論説委員が呟いた通り、夢の党を結成した郷田に接近したのは、先の選挙では「第三極」として注目の集まっていた日本革新の会を率いる沓掛《くつかけ》代表だった。ところがこの一年半前に自らの政党を率いて革新の会に合流、沓掛代表と共同代表を務めていた菅原真《すがわらまさ》明《あき》は、郷田とは政治的スタンスに明確な違いがあり、二人の代表の間には亀裂が広がっていた。

この亀裂を小山内は見逃さなかった。正義の党を分党させた返す刀で、今度は安藤総理と沓掛代表の会談を仕掛け、政府との対決姿勢を鮮明にしていた菅原の沓掛への不信感を刺激した。その結果、沓掛と菅原も袂を分かつ格好となり、気が付いてみれば、野党は再編どころか、バラバラに分断されていた。

こうした一連の仕掛けの背後に小山内の存在があったことを永田町で知らぬ者はいなかった。

総理執務室では、安藤と小山内が向かい合っていた。

「総理、集団的自衛権の憲法解釈の問題ですが、これを一年延期できませんか？」

小山内の進言に安藤は露骨に嫌な顔をして言った。

「官房長官、私の政治生命を賭けた案件の一つですよ」

「承知しております。ただ、本件を一年だけ先送りして、まず、国民に対して経済再建の道筋を示していただきたいのです」

「今の政策だけではダメなのですか？」

「はっきり申しまして、ほとんどの国民は経済復興を肌で感じていません。一年あればなんとか形になり、数字の世界のイメージだけでなく、体感できる時が来ると思うのです。アメリカや同盟諸国も日本経済の安定を望んでおります」

安藤の目は充血し、口元には苦々しさが浮かんでいる。しかし、小山内はなお続けた。

「中国、韓国の領土侵害が目に余ることはよく理解しております。また、北朝鮮による核実験や長距離弾道弾の発射など、日本がこれまで経験してこなかった露骨な攻撃が行われていることも分かっています。ただ、今、ここで経済復興もままならないうちに、安全保障問題に取り組むとなれば、国民は安定の前に不安を覚えるのではないでしょうか……」

「それは、政局や世論を見極めてのことですね？」

ようやく安藤の目元に落ち着きが出てきたようだった。

「はい。独自で世論調査も実施致しましたし、有識者とも協議を重ねた結果です。確かに総理のシンクタンクもご意見をお持ちとは思いますが、あと一年、経済政策一本で進めて参りたいのです」

「その間、沖縄はどうしますか？　来年には知事選もあります。辺野古移転問題もまだカタが付いていないでしょう？」

「沖縄は私に任せて下さい。公私の垣根を超えて私が足を運んでおります」

「公私の垣根……ですか？　プライベートでも知事と会っているのですか？」

「休みの日には沖縄に行っております。沖縄の人々の気持ちを知らなければならないという思いは長谷川さん以上に持っているつもりです」

「長谷川さん以上……ですか……」

ようやく安藤の口元に穏やかさが戻った。小山内は安藤の目をジッと見つめて、その後の反応を窺っていた。安藤が笑った。そして屈託のない笑い声を上げた。

「わかりました。集団的自衛権の憲法解釈は一年先延ばしにしましょう。その間、これに関する世論調査も継続して行なって下さい」

そう言うと安藤は総理執務室の応接セット脇にある呼び鈴を鳴らして席を立った。すぐに二人の秘書官が入室した。安藤は小山内を振り返ることもなく、ゆっくりとした大きなストライドで執務室を後にした。内廊下から五人のSPが総理の前後を固め、外廊下から専用エレベーターに向かった。

「集団的自衛権の世論調査結果はあまり芳しくないですね」

大田が自ら作成した円グラフが配された詳細なデータを示しながら、官房長官執務室のソファーに座って小山内に説明していた。

「サンプルはどの位やったの？」

「電話聞き取りの質問スタイルで有効回答数が一万五千件です」

「そんなにやってくれたの？」

通常、マスコミが行うサンプル調査と呼ばれる世論調査の基礎データは多くても千五百件ほどであり、そのうち有効回答率は六割でもいい方だった。この有効回答数一万五千という数字は異常とも思えるほどのサンプル数と言えた。

「総理がお力を入れている案件ですので、質問項目も十件です」

小山内は思わず手を合わせた。大田がこれまで見たことがないほどの小山内の反応に、大田自身が驚いていた。

小山内が細かくデータに目を通し始めた。冒頭に芳しくない旨の結論を述べていたためか、質問事項に赤鉛筆で線を走らせながら、言葉の一つ一つを確認している様子だった。

やがて顔を上げた小山内の一言は大田を驚かせた。

「想定よりもいいな」

小山内の目と脳はあらゆるデータや文章を高速スキャンして、即座にＯＣＲ化されて頭の中に入るようだった。

「長官、賛成三五パーセント、反対五五パーセントですよ」

大田が言うと、小山内も笑って言った。

「この時期にこれなら、来年は半々には持っていけるだろう。世論調査で半々なら、選挙の予調なら当選確実じゃないか」

まさに豪放磊落な言葉だった。選挙の予調というのは、国政選挙をはじめとする主要選挙に際してマスコミ各社や各党本部が独自に行う、選挙結果予測サンプル調査の略語だった。

「それは確かにそうですが、それとこれとは……」

「いいんだよ。これで対処法がわかった」

「一つだけよろしいですか？」

「なんだ？」

大田は珍しく食い下がった。

「質問項目の第一番目と関連する二番目の結果をよく見て下さい。国民の七割が集団的自衛権の意味を正確に理解していないのです」

「そうみたいだな」

「集団的自衛権イコール政権の意志で自衛隊が戦争に積極的に加担する権利と考えているのです」

「のようだな」

「集団的自衛権が国連憲章の第五十一条において明文化された権利であることを、ほとんどの人が知らないというのはおかしいと思いませんか？」

「憲法九条によって『持っているけど使えない』という状況が、世界から見てわかりにくいのは確かだろうな。戦後の日本は憲法の解釈を変えることで自衛隊を大きく成長させてきたが、それも限界に来ている」

「『戦後七十年かけて築いてきた国の在り方と真逆の方向に進もうとしていて戦争ができる国になりかねず、見過ごすことはできない』という識者の声や、『その時々の政府が憲法解釈を変更できるという先例を残すことは立憲主義の根幹を破壊する』という批判が党内にもあります」

「党内批判は党三役にもあるようだな。しかし、憲法改正が容易にできない以上、世界の趨勢に追い付くには憲法解釈を変えるという苦渋の選択をするしかないんだ。それを一年間かけてゆっくり進めていくしかないだろう」

批判の多くは集団的自衛権の行使事例として、安藤総理が「紛争中の外国から避難する邦人を乗せた米輸送艦を自衛隊が守れるようにする」と述べたことに始まっていた。

さらに小山内自身が「新三要件を満たせば、中東ペルシャ湾のホルムズ海峡で機雷除去が可能だ」として「原油を輸送する重要な航路に機雷がまかれれば、国民生活にとって死活的な問題になる」と述べたことも拍車をかけた。

「この新三要件そのものが、多くの国民に誤った認識を与えているんだ。これは日本が武力行使をする際に満たすべき要件。武力行使の要件であり、集団的自衛権行使の要件ではないんだな」

「内閣官房が提示した〈『国の存立を全うし、国民を守るための切れ目のない安全保障法制の整備について』の一問一答〉をよく見てもらえればわかりますが、マスコミもまたよく理解していない部分があるようです」

新三要件は次のように定義されている。

一　我が国に対する武力攻撃が発生したこと、又は我が国と密接な関係にある他国に対する武力攻撃が発生し、これにより我が国の存立が脅かされ、国民の生命、自由及び幸福追求の権利が根底から覆される明白な危険があること

二　これを排除し、我が国の存立を全うし、国民を守るために他に適当な手段がないこと

三　必要最小限度の実力行使にとどまるべきこと

これに加え小山内は国会答弁で「世界的な石油の供給不足が生じて国民生活に死活的な影響が生じ、わが国の存立が脅かされる事態は生じ得る」とも述べていた。

大田が心配そうに言った。

「官房長官、確かに石油なしでは国民生活は成り立たないとは思いますが内閣官房関係者もまた『憲法上許されるのは、国民の命と平和な暮らしを守るための自衛措置のみであるから、石油のために集団的自衛権の行使を行う事はできない』と語っています」

「そのようだな」

小山内にしては珍しく神経質そうな顔つきになっていた。

「現実問題として海上自衛隊が行う機雷除去が、停戦後という条件下で『警察権の行使』という解釈のもと、あくまでも『危険物の除去』という名目でしか行動できないということではないのでしょうか？」

「集団的自衛権を行使するために整備が必要な法案は数多くある。しかし、ここに欠落している重要な法は『開戦規定』『交戦規定』『軍法会議』の三法だ」

「開戦規定は宣戦布告を行う規定です。さらに、この三法を扱うには憲法改正が必要となります」

「だから、それまでは憲法解釈を変更していくしかないのだ。平和主義を貫くためにもな」

小山内の苦渋の顔つきは変わらなかった。大田は小山内の決心の度合いがわかったような気がした。

「その対処法がわかった……ということなんですね」

「そういうことだ。今回の調査は実に素晴らしいものだった」

「ありがとうございます」

大田が神妙に頭を下げると、小山内が表情をもどした。

「まだ、一年あるじゃないか。ところで、せっかくの機会だ。君の意見も聞いておきたいものだな」

小山内がニヤリと笑って言った。大田は大きく息を吸って答えた。

「結論から申し上げますと、集団的自衛権の行使を一部容認すべきだと思います」

「一部容認か……条件付きということだな」

「もちろん、合理的限界は必要です。この数十年間、個別的自衛権や警察権の拡大解釈という逃げ口上で、本来行うべき集団的自衛権の行使を回避してきたのだと思います」

「逃げ口上……ね」

「一見、平和主義であるかのように見える逃げ口上も、合理的限界を決めておかない限り、拡大解釈の連続から逆に平和主義の維持を危うくするという虞《おそれ》があります」

「わかりにくいな」

「個別的自衛権や警察権の拡大解釈だけでは、もはや世界の紛争に対応できません。さらには、その前提として自衛隊の存在そのものを憲法解釈ではなく、法的に明らかにする時が来ていると思います」

「憲法改正しかないな」

「日本の平和主義の限界もそこにあると思います」

小山内は頷きながら手にしたデータをバインダーにしまうと「ありがとう」とだけ言った。

小山内が「ありがとう」と言った時は、大田が席を外す時であることを大田は経験としてわかっている。それと入れ違いに村上が入室した。

「防衛大臣と内閣法制局長官を呼んでくれ」

大田はドアの外でその声を聞いて、小山内が早速動き始めたのだと悟った。

大田はデスクに戻るとバインダーからもう一度データを取り出し、数枚めくって改めて何ヶ所か確認して付箋を付けた後、再びバインダーに収めると袖机の引き出しにこれを入れた。

第六章　二重失策

「長期政権となると、次を狙う者よりも次の次を目指す者の動向が問題となる」

内閣情報調査室の国内部門主幹を自室に呼んで内閣情報官が情報関心を示していた。

「次の次と申しましても、安藤政権が長期化すれば次が消え、現在の次の次が繰り上がる可能性の方が大きいのではないか……と思います」

「そこなんだ。現在の最有力者が五年以上先まで力を持っているとは限らないからな。その点で次の次は十分な準備をしてくる。特に参議院から衆議院へ鞍替えするタイミングを彼は狙っているし、その時、与党民自党内にも大きなウネリが生じてくるだろう」

「情報官もやはり次の次は大森議員と踏んでいるわけですね」

「小山内さんのワンポイントリリーフは視野に入れていいかもしれないが、大森議員とその他の候補者との間には相当な差ができてしまったことも事実だ。ところで、党内の反安藤や、反小山内グループの動きはどうなんだ？」

「次回の内閣改造が問題になってくるでしょう。大臣病患者を一切切り捨てるのかどうか。大臣候補者と呼ばれている者たちの様々な言動を緻密に収集、分析して一気に決断すると思います」

　情報官は頷いた。与党民自党国会議員の中で衆議院議員五期、参議院議員三期以上の当選者が、いわゆる閣僚候補議員と言われ、その中で閣僚経験のないものは現在約五十人である。しかし、これまで三回生で大臣を射止めた者もあれば九回生でも一度も閣僚に就けない者もあるのが面白いところでもある。

「内閣改造が話題になる時期になると、突然ソワソワする者や、総理詣でをする者も出てくるのだが、総理は日頃から次の閣僚構成員を考えている。派閥領袖《りょうしゅう》の力が弱まった現在、総理に物申すことができる者はほとんどいない。党内に総理経験者で現職で残っているのは一人で、お目付け役的副総理に収まっているため、誰も表立って総理批判ができないのが実情だ」

「その中では小山内官房長官くらいですね。はっきりと物申すことができる人は」

「それを面白く思わない、派閥領袖やその側近がいるのも事実だ。おまけに小山内官房長官は無派閥ときている。そうかと言って小山内官房長官に直接文句をいう気概も、きっかけもない」

「党は強くなっても、党内の人間そのものは弱くなってしまったわけですね」

「そこが問題なんだ。だから分派行動を起こしたり、トップの足を引っ張るような連中を早めに見出して、何らかの措置を取らなければ、日本が世界から信頼されるための長期政権を築くことができなくなる。それをやるのも内調の重大な仕事の一つだ。それはそうと、最近の長谷川代議士の動向はどうなんだ？」

情報官がその存在を思い出したように訊ねた。

「形式的には党内ナンバーツーという地位にありますが、実質的にはなんとも言えないのが現状です」

「実質的というのは閣僚席の序列のことか？」

「そうです。ただ、これには安藤総理の配意が感じられます。総裁選を争ったこともあり、党内融和を見せかけているだけとの憶測も広がっています」

長谷川は再び閣僚になったため自由のない世界に戻っていた。党の幹事長時代にも専属の警視庁警備部警護課のＳＰが付いていたが、一旦、赤坂の議員宿舎に戻ると翌日と緊急時の打ち合わせをしてＳＰを帰し、一人銀座に出かけるのが楽しみの一つだった。しかし、閣僚となるとそうはいかない。複数のＳＰが二十四時間張り付いているのだ。

「銀座にもしばらく行ってないな……」

政策担当秘書兼政務秘書官になった田所学《たどころまなぶ》に大臣室のデスク越しに言った。

「たまには銀座で面談してみるのも如何ですか？」

「ＳＰを横に置いて……か？」

何度も閣僚経験のある長谷川は、ＳＰの重要性をよく認識している。閣僚という立場にプライベートはない……と自任する長谷川ではあったが、何かしら常時監視されているような感覚を覚えてしまうのも事実だった。

「先日、財務大臣政務秘書官の田久保《たくぼ》さんから聞いた話なのですが、財務大臣はしょっちゅう帝国ホテルのゴールデンライオンで飲んでいるようなんですが、ＳＰは入口でさり気なく待ってもらっているらしいですよ」

「あそこはホテルの中二階で、警護しやすい場所だからなんじゃないか？　銀座は雑居ビルだし、中でも『クラブ　えむ』が入っているフロアは銀座一の客が入るキャバクラもあるくらいだからな。ＳＰを入口で待たせるのは気が引ける」

「しかし、行きたいのでしょう？」

「行っても、行かなくてもストレスが溜まるな」

「閣僚を受けてしまったのですから、想定内のことだったのではないですか？」

「まあな。しかし、ここまでストレスが溜まるとは思わなかった……」

長谷川は憮然とした口調で言った。当初、長谷川をはじめとしてグループ内部の者は長谷川の閣僚就任を拒絶する方針だった。しかし、官邸の動きは長谷川グループを「完全に干す」動きに出ていた。もし、ここで長谷川が閣僚を受諾しなかった場合には長期政権の可能性が高まった現政権下でグループは壊滅し、最悪の事態を想定すれば、離党をも促される可能性があったのだ。しかも長谷川グループが離党したところで、合流する野党勢力はなく、新党を作っても次の選挙で間違いなく崩壊することは火を見るより明らかだった。それほどに官邸は短期間のうちに強大な力を持つようになっていたのだった。

「大臣、どうされますか？」

「一旦、宿舎に帰ってから、こっそり抜け出そう」

長谷川は気ぜわしく言った。

閣僚担当のＳＰは議員宿舎の部屋の前まで担当する大臣を送り届けると、その後の外出の有無を確認して、その日の勤務を終える。この日、長谷川はこのまま休む旨の回答をしたため、帰庁を告げて議員宿舎を後にした。しかし、長谷川担当のＳＰは長谷川の動きを察していた。担当管理官の指示を得、警護課長の意向を聞いた上で、担当ＳＰではなく、隠密に長谷川の警護をさせる行動を取った。

長谷川担当ＳＰが離れて五分後には官邸に待機していた遊軍のＳＰの三人が赤坂の議

員宿舎に到着していた。その間、長谷川の担当SPは長谷川本人に動きがないことを確認しながら、秘匿に動静監視を行っていた。遊軍のSPは運転担当を含め全員がポロシャツにジャケットという軽装だった。

「大臣はまだ自室から出ていません」

「了解。行き先は銀座か？」

「おそらくそうなると思います」

「これがいるの」

主任のSPが小指を立てて訊ねると、担当SPが軽く頷いた。

「了解。後はうちでやるから、今日は帰っていいぞ」

任務を交代して十分ほど過ぎた頃、長谷川の部屋のドアが開いた。

「マル対　S」

Sはスタートの陰語である。タクシーを使うのか私用車を使うのかによって警護の仕方が変わってくる。エレベーターの動きから、長谷川は地下駐車場に向かったことがわかった。

「私用車だな。ナンバーはわかっているな」

「品川ナンバーの黒色センチュリーです。ナンバーは五七＊＊です」

「二十二時ちょうどか……」

まもなく議員宿舎の駐車場出口から黒色センチュリーが静かに出てきた。

「マル対の乗車を確認。捕捉完了」

運転席と後部座席に一名ずつ乗車した警護車両がセンチュリーの真後ろにつけた。二台の車は赤坂二丁目にある警備交番の前を通過後左折して、外堀通りから一本外側の路地を通って、溜池方向に向かった。官邸裏の交差点で長谷川の行動確認をしていたSPが追尾車両に追いついた。

「担当者からの情報では、銀座七丁目の並木通り沿いにある雑居ビル八階にある『クラブえむ』という店だろうということです」

「高級クラブなんだろうな」

「まあ、場所が場所ですし、理事官のカードを預かっていますから、支払いは大丈夫です」

「おお、噂のブラックカードか」

運転担当の巡査部長は、二人の主任の話を聞こえぬふりをして、目の前のセンチュリーを追っていた。外堀通りの新橋ガードをくぐって二つ目、新橋一丁目の信号を左折すると東京高速道路会社線が目に入る。この高架式の道路は日本で最初の高速道路である。

現在の東京の銀座という街は高速道路で囲まれた街である。北、西、南を東京高速道路会社線、東を首都高速都心環状線が囲み、特に東京高速道路会社線では中央区と千代田区、港区との境界にもなっている。ちなみに銀座の三分の二を囲む東京高速道路会社線の下には多くの店舗があるが、ここには住所がない。道路に住所がないのは当然であるが、百を超える店舗に住所がないのは珍しく、実際には存在しない銀座〇《ゼロ》丁目、銀座九丁目などという名称が勝手に使われているのも面白い現象である。

長谷川を乗せたセンチュリーは東京高速道路会社線をくぐって御門通りを過ぎ並木通りに入った。花椿通りを超えると銀座七丁目に入る。まもなくセンチュリーは左に車を寄せた。並木通りは八丁目方向からの一方通行であるため、左右どちら側にも駐車スペースがあるのだが、午後九時から十時にかけては車両が混む時間帯でもある。追尾車両は二台後で停車すると二人の主任ＳＰが静かに下車した。

長谷川は一人、車を降りると、周囲を気にする様子もなくビルの中に吸い寄せられるように入っていった。

ＳＰの一人は隣のエレベーターに乗り込み、もう一人は一階で長谷川が乗ったエレベーターの停止階をチェックして、逐次無線で報告を送っている。

予想どおり、長谷川は八階でエレベーターを降りた。相変わらず混み合っているキャバクラの前を通りすぎて「クラブ　えむ」のドアを開けた。車内から店に連絡していたのだろう。ドアを開けた瞬間にママらしき着物を着た女性が「いらっしゃい」と親しそうに出迎えていた。

　ＳＰは一階でエレベーターの動きを監視していた主任が到着するのを待って、長谷川から二分遅れて二十二時二十分に店に入った。店のドアはさすがに銀座の高級店らしく重々しい木製だった。

「いらっしゃいませ」

　出迎えたのは大ガラの黒服だった。

「初めてなんだけど入れるかな？」

「どなた様かのご紹介でしょうか？」

「文芸出版社の高木《たかぎ》局長から話を聞いてきたんだが……」

「高木様ですか。奥にどうぞ」

　長谷川の担当ＳＰから長谷川の交友関係を聞いていた主任ＳＰは長谷川が出版社の者と時折この店を使っていることも聞いていた。一見《いちげん》客を相手にしない高級クラブは今でも銀座に多いことを知っていたからだった。二人はまるで馴染みの店にでも来たかのように店内をゆっくり見回しながら、案内された手前のボックス席に座った。すぐに二人の若いホステスが付いた。

「いらっしゃいませ。高木さんのお知り合いですか？」

「直接ではないんだけど、僕の上司が付き合っていて、いい店だと聞いたものでね」

　店の客の入りは半分位だが、ホステスの控室は別にあるらしく、客につけないホステスの姿は客席から見ることはできなかった。店のしつらえは、やはり高級店の趣を呈しており、細かい織りの深い絨毯は官邸のそれに似ている。ソファーも革張りではなかったが座り心地が実によかった。

長谷川の場所はすぐにわかった。店の一番奥にあるボックス席だった。ママらしき女性がピッタリとくっついている。

ボトルは竹鶴の十七年を入れた。

若く、スタイルがよく、しかも美貌ときている。警護対象者とともに何度か高級店に行ったことはあったが、この店のホステスのレベルはかなり上位に位置された。

「この店は客筋がいいんだろうね」

「そうですね。芸能、スポーツだけでなく、財界の方もよくお見えになりますよ」

「政治家はどう？」

二人のホステスがふと顔を見合わせたかと思うと、小声になって答えた。

「有名な方もいらっしゃいますよ」

「有名な政治家が？　例えば誰？　さすがに総理大臣は来ないだろうけど」

ＳＰが茶化すようにいうと、ホステスが突然、背筋を伸ばして言った。

「総理はいらっしゃらないけど、ナンバーツーとか、現役大臣なんかもいらっしゃるんですよ」

「ほう。それはすごいな。しかし、ナンバーツーの官房長官は酒を飲まないはずだけどな」

「そうなんですか？　でも、次の総理大臣って評判の先生ですよ」

「次の総理大臣？　誰だっけ？　お前知ってるか？」

相方のSPに話題をふると、相方が答えた。

「誰ですかね……大森か、長谷川か……渡はコケちゃいましたからね」

すると、ホステスが声をひそめて呟くように言った。

「お、お、あ、た、り」

「大森？」

「違う、もう一人」

「長谷川？」

「ピンポーン」

ホステスは嬉しげに言った。

「確かにナンバーツーと言えないこともないな、金はないけどね」

「そんなことはないですよ。長谷川先生はお金持ちですよ」

「へえ、そうなの？　そんなに金持ってるの？」

SPも興味を持ったような言い方で、身を乗り出して訊ねた。

「だって、多い時は週に三回くらい来てるし、ドンピンなんかも気前よく開けてくれるし……」

ドンピンはシャンパンのドン・ペリニヨンのロゼを意味する業界用語で通常、銀座でこれをオーダーすると、最低でも三十万は下らないはずだった。

「でもさ、本人が金を払うわけじゃないでしょう？」

「そりゃそうだけど、請求書を送ると、ちゃんと振り込んでくれるみたいだし……」

「スポンサーが付いているんだよ。大物代議士になるとさ」

「うーん。そうかなあ。腕時計だって一千万はするものを幾つも持ってるわよ」

「えっ、そうなの？」

「スーツや靴だって最高級なんだから。私達はそういうところをちゃんと見るようにしているからわかるのよ」

「なるほどね……」

SPは苦笑いをしながら頷いていた。かつて民自党では出来の悪い広報局長が「地元では国産の時計と軽乗用車、東京では高級時計と高級外車にすればいい」と話して問題になったことがあったからだ。

「ところで、長谷川さんなんかは一人で来ることあるの？」

「そうね……半々かな。多い時でも三人位。高木さんもそのお一人よ」

「なるほどね」

そこで一旦、話題を変えた。SPは日頃から様々な警護対象者と話をしているため、話題は豊富であるうえに、様々な国へも同行することが多く、海外事情にも詳しいためホステスは一気に二人の会話に引き込まれた。

「スペインのバルセロナに行くとさ……」

「バルセロナ……行きたーい」

「あの街はサグラダ・ファミリアの鐘の音が実は不気味でさ……サッカーは最高に迫力あるし、独立すれば面白いんだけどな。ただ、スペインそのものは貧乏だし、マラガ、コルドバ、マドリッドとか、いい街はあるんだけど、仕事しない奴も多いんだよな」

女性の気を引く技にたけた二人の会話に、二人のボックス席には四人のホステスが付いて笑いの渦がおこっていた。入店して二十分ほど経った頃になって、SPが座るボックス席にママが挨拶に来た。

「ご挨拶が遅くなって申し訳ありません。『えむ』の江里子と申します。高木さんのご紹介だそうで」

「直接ではないんです。我々の上司が高木さんと親しくて……。今日はゴルフ帰りの突然の思いつきで寄ったもので、名刺がなくてすいません」

「いえいえ、業界の方ですか？」

「いや、どちらかというとクライアント……というところです」

江里子と名乗ったママは、一見細身のようではあるが着物の上から見ても明らかに豊かな胸をたたえていることがわかる。年の頃は四十そこそこだろうか、銀座の一流クラブのママらしく、日本的な美貌に加えて気品をも兼ね備えている。

「ずいぶん楽しいお席みたいで、気になっていたんですよ」

「そうなのママ、お二人共お話が面白くて、楽しくて……」

「漫才師ではないんですが、時々ゴルフ場でもキャディーさんに間違われます」

「仲がよろしいんですね」

「腐れ縁のような感じですよ」

「ゴルフもお上手そう」

「いやいや……」

するとホステスが思い出し笑いをしながら言った。

「タケさん、さっきの韓国のゴルフの話をママにしてあげて」

「ああ、そのこと……ママはゴルフなさるんですか？」

「上手くはないけど、時々お客様と一緒に回らせていただいています」

「なるほど……韓国でゴルフは？」

「韓国には行ったことがないの。あれだけ有名なプロゴルファーがいらっしゃるんだから、ゴルフ場も多いんでしょうね」

「そうね。チェジュ島はいいですね。ところで、韓国ではダブルボギーのことを何と言うかご存知ですか？」

「ダボのことですよね？」

ママは考えていた様子だったがギブアップした。

「韓国ではね『プラスニダ』って言うんですよ」

「二打プラスじゃなくて？」

「違う違う、カムサハムニダ、プラスニダ……ですよ」

「本当に？」

「嘘ですよ」

再びボックス席に笑いがおこった。乾杯をしてママが「ごゆっくり……」と席を立って奥のボックス席に戻った。ママが離れたのを確認してホステスの一人が言った。

「ママ、色っぽいでしょう？」

「さすがに銀座のママだね。有名なんでしょう？」

「業界では有名ね」

「凄いスタイルだよね」

「お着物の上から見てもわかるでしょう？　バストはFカップなのに、足はホッソイの。

女から見ても憧れるスタイル」

「わかるような気がするな。独身なの？」

「もちろんよ」

「へー、もったいないなー。まあ、彼氏はいるんだろうけどね。それにしても、どんな男がああいう女性をゲットするんだろうね」

ホステスのうち後から来た二人が顔を見合わせながらクスクスと、意味ありげに笑った。

「何？　もしかして、今、一緒にいる客が彼氏？」

「ダメよ、見ちゃ」

そう言いながら肩をすくめた。

「そう言われるとさ……」

先輩ＳＰが何気なく席を立つふりをして奥のボックス席を目にし、驚いたような顔をしてみせた。

「あれって、長谷川じゃないの？」

「ダメよ、誰にも言っちゃ」

「ダメよ、ダメダメー……てか？　長谷川が彼氏なの？　マジで？」

「かも知れない……てところ。私達もわからないの」

一時間が経ったところでＳＰ二人は席を立った。エレベーターで階下まで見送られて、八丁目方向に歩くふりをする。運転担当からの報告で長谷川の私用車は長谷川を送ってすぐに銀座を離れたということだった。

ＳＰの一人が「えむ」が入ったビルの八階に戻った。午前〇時半を過ぎて長谷川とママが連れ立って店を出た。エレベーターで二階まで降りると、そこから非常階段を使って一階に降りる。銀座にはビルとビルの隙間に獣道のような細い路地が幾つもある。二人は並木通りを避けて一本裏の通りに出た。そこにはハイヤーが用意されていた。誰にも気付かれることなく長谷川はママと二人で乗り込むと、ハイヤーは新橋方向に動き始めた。

運転担当の巡査部長はこの動きをすでに察知して、花椿通りで待機していた。

「さすがだな」

「銀座のラッシュアワーですからね。逃げ方はわかりますよ」

ハイヤーをすぐに捕捉して追尾の態勢に入った。ハイヤーは中央通りから汐留方向に進み、第一京浜から浜松町、御成門、飯倉を経て新一の橋の交差点から西麻布交差点手前の路地に入った。

「停まりました。通り過ぎますね」

追い越しざまにハイヤーを見ると、長谷川は堂々とした仕草で先に降りたママの後に続いて真新しいデザイナーズマンションのエントランスに向かった。

「このマンションか……」

二人のSPはすぐに下車して後を追った。

オートロックのセキュリティーは万全のマンションだった。内扉の外からエレベーターを見ることができない構造になっている。まだ、郵便受けにはほとんど名前が記されていない。

「麻布署が実態把握していてくれればいいんだが……」

直ちに麻布署に電話を入れて受け持ちの交番を確認する。交番には三人の勤務員が厳正な勤務を行なっていた。

「お疲れ様です。警護課ですが、マンションの居住者を確認したいのですが」

交番に設置されている航空地図とコンピューターを操作してマンションの居住確認を行う。表からはわからなかったが、そのマンションは二棟でそれぞれ二十世帯が入った構造になっていた。

「名義人が違うと出てこないな……」

「しかし、ママが先に入りましたから、ママ名義ではないでしょうか？」

「会社名義の可能性もあるしな。奴《やっこ》さんが買い与えたものだと、後援者名義の場合もあるぞ」

四十軒のデータをつぶさに見ていく。

「これ、そうじゃないですか？」

データには「三田絵里子《みたえりこ》　昭和五十年十月十日生　勤務先・株式会社ロダン企画　中央区銀座七丁目」となっている。

「運転免許の照会をかけて写真を見てみろ」

コンピューターを操作しながら、後輩SPが一言呟いた。

「ヒットです」

しかし、この日の長谷川の動きを追っていたのはSPだけではなかった。「クラブえむ」にはもう一人の招かれざる客がいたのだった。店内では隠しカメラによる撮影に加え、小型録音機で長谷川の会話を録音したうえ、バイクで追尾して西麻布のマンションに入る二人の姿をも撮影していた。

長谷川が西麻布のマンションを出たのは午前五時過ぎだった。マンションの外扉が開く数分前に黒色センチュリーが到着していた。素早く出迎えの車に乗り込んだ長谷川は何事もなかったかのように平然としていた。

「案外、慣れた行動のようだな」

「今回だけじゃなかったような、そんな雰囲気ですね」

「しかし、あまりにも無防備だな。何かあったら大変なことになるのに……」

警護課員は警護対象者のプライバシーに関しては担当管理官にだけ報告する。管理官は課長にだけ報告し、課長は警備部長にだけ報告をする。警備部長は全てを自分一人の中にしまい込むのだ。

SP車両は無事に長谷川が議員宿舎に入るまで追尾した。担当SPが長谷川を迎えに行ったのは定刻の午前八時だった。

この日の長谷川の行動が小山内の耳に入ったのは、その二日後だった。

「官房長官、内閣情報官から面談の申し入れです」

「何かあったな……。すぐ呼んでくれ」

内閣情報官は官邸の向かいにある内閣府七階にあるデスクから地下通路を通って官邸に入った。通常、内閣情報官の総理報告は水曜日、官房長官報告はその前日の火曜日となっている。これ以外の日に内閣情報官が官房長官室に入るとマスコミが注目する。

情報官は極力マスコミの目に触れないよう、地下通路から総理公邸を経てさらに地下一階から裏のエレベーターに乗り込んだ。このコースは総理や官房長官も極秘裏に動く必要がある場合に利用する。

「情報官、何か起こったのかな？」

「はい。長谷川大臣のスキャンダル写真が撮られています」

「スキャンダル写真？」

「写真が撮られたのはいつのことだ？」

「二日前、銀座と都内某所です」

「女と一緒なのか？」

「はい。相手は銀座のママです」

「馬鹿なことを……SPは付いていなかったのか？」

「まだ、ゲラの段階ですがSPらしき者が大臣とはノーコンタクトで警護していた旨の内容です」

「女のところに泊まったのか？」

「約四時間、女名義のマンションにいた事になっています。言い訳できない状況です。さらに、店の中でいろいろ喋った内容まで詳細に書かれています」

情報官は小山内にゲラ段階の記事と写真十枚を手渡した。小山内は記事を一読して、写真をパラパラと眺めてデスクの上にポンと投げて言った。

「出版社はどこだ？」

「文芸出版社です」

「大手だな……それなら記事を全て買い取ろう」

「記者の口封じ対策も必要です」

「口封じか……まさか……」

「いえいえ、そこまでは。金で済ませます」

「いくらかかっても構わない。全て消してくれ」

「かしこまりました」

　情報官が席を離れると、小山内は総理秘書官に電話を入れて内廊下を通って総理大臣執務室に入った。秘書官には「五分間誰も入れないように」とだけ言った。

「総理、長谷川大臣の記事のゲラです」

「ほう、なかなかお盛んですね」

　安藤総理は小山内から受け取った記事と写真を眺めながら、笑いもせずに言った。

「握るんでしょう？」

「情報官にはそのように指示を出しました」

「それにしても、甘いなあ。これはいつの話ですか？」

「一昨日だそうです」

「国会閉会中とはいえ、どうしたものか……ですね。独身議員ならなんとでも言い訳できますけどね。長谷川さんには官房長官から伝えてもらえますか？」

　安藤総理はサラリと言った。

「かしこまりました」

数時間後、内閣情報官から小山内に連絡が入り、記事の買い取りが上手くいった旨の報告がなされた。

小山内は長谷川のデスクに電話を入れた。

「長谷川大臣、お忙しい中、誠に申し訳ありませんが、官房長官室までご足労頂けますでしょうか？」

「僕が行くの？」

「はい。持ち出しできない資料がありまして、お目通し頂きたいものですから」

「急ぎなの？」

「できる限り早いほうが良いかと思います」

「重要な案件なんだな……わかった。すぐに参りましょう」

相変わらずのあっけらかんとした口調で長谷川は電話を切った。

十五分後、記者のぶら下がりを従えて官房長官室の前まで来ると、数分間立ち話をしたうえで「後は要件が終ってから話すから……」と言葉を残して中に入った。

「どうも、何か火急の要件でも？」

小山内はデスクを離れ、応接用のソファーを長谷川に勧めて、自らもソファーに移った。長谷川が着席するのを確認して小山内も腰を下ろした。手にはＡ４サイズの茶封筒があった。

「実は、これをご覧頂きまして、コメントを伺いたいのですが」

「ほう」

長谷川は茶封筒から二つ折りになったＢ４サイズの紙を二枚出して広げた途端、余裕があった表情が一変した。長谷川らしい神経質な目つきになり、まばたきが止まった。内容を一読し、さらに十枚の写真を眺めて長谷川が言った。

「これはゲラですね」

「そのようです」

「記事になるのですか？」

「そうならないように手配しております」

長谷川が懸命に頭を巡らせているのが小山内にはよくわかった。

「それで……どういうコメントが欲しいのかな？」

余裕を失った時に出る、長谷川らしい高飛車な言葉だった。

「閣僚をお受け頂いた以上は、内閣の構成員です。慎重な行動を期待しております」

長谷川はジッと小山内の顔を見ていた。小山内も平然とした顔で長谷川を眺め返していた。

意を決したように長谷川は大きく息を吸い込んで呼吸を整えると、おもむろに両手をテーブルについて頭を下げて言った。

「しかるべき措置をお願いしたい」

小山内は顔色も変えずに答えた。

「かしこまりました」

長谷川が席を立ち、執務室を出るのを見送った。長谷川がその足で内廊下を通って総理大臣執務室に向かったのを小山内は確認した。

まもなく安藤総理から電話が入った。

「今、長谷川大臣が、ご迷惑をお掛けして申し訳ないとおっしゃってお帰りになりました」

「文芸出版社には私からも連絡を入れておきます」

「迅速な対応、ありがとうございます」

「児童買春の議員立法を作る際に、国会議員数十人が東南アジアを視察したことをご存知ですか？」

大田の元に警視庁公安部の情報担当者、青山望警視から電話が入った。

「随分昔の話ですね。あの法律は如何にも議員立法らしいネーミングでしたからね。内閣法制局では絶対に考えつくことがない名称でした。確かにその海外視察の際には警察庁からも何人か同行したと思いますよ」

「児童買春、児童ポルノに係る行為等の処罰及び児童の保護等に関する法律」は一九九九年に成立した児童買春・児童ポルノの取締りなどを目的とした法律である。当時、国内ではいわゆる〝援助交際〟が社会問題化していたことから、超党派の議員立法によって成立した。これに先立ち、立法に関わる議員たちは、外国人による児童買春が問題となっていたタイやフィリピンで海外視察を行っていたのだった。

「そうなんです。東南アジアの夜の街を視察して、少女売春や児童の人身売買の実態を調査したようなんですが、そこに大森議員も行っていたんですね」

「そうでしょうね。彼は法律の知識も豊富ですし、議員立法の議案提出者として名を連ねていたと記憶しています」

「ところが……です。その現地視察の際に、こともあろうに、大森本人が児童買春をしていたようなんです」

「な、なんですって……何か証拠があるのですか?」

大田の声が思わず裏返っていた。

「僕の手元にその時の写真とネガがあります」

「ネガ……すると、その写真は真正なもの……というわけですね」

「間違いなく本物です。今、公安部の写真室でネガから現像したのですが、同一のものであることが判明しました」

「そのネガの入手ルートは？」

「それはお伝えできません。まだ、チヨダにも公総課長にも話をしていません。大田さんのアドバイスを頂きたく、ご連絡したまでです」

大田は迷った。大田自身、チヨダの理事官と公総課長を経験していたからだ。

「とりあえず、今夜、その写真を見せていただけますか？」

思いがけない情報に大田は迷っていた。本来ならば警視庁の警察官が独自に入手した情報であるため、警視庁内の報告ルートに乗せるのが筋である。しかし、警視庁公安部の場合は伝統的に一種独特の報告ルートが存在する。

直属の上司どころか公総課長をも飛ばしてチヨダに報告する場合がある。さらに特殊な場合には公安部長と警視総監にだけ報告を入れる場合もある。こういうルートを持っている公安マンは特に限られた存在だけであるが、今回、連絡を入れてくれた青山も数少ない、この類の男だった。

写真の精度にもよるが、十五年以上前に撮影されたものとはいえ、児童買春の防止を目指す議員立法の議案提出者が、買春をしている写真というのはブラックユーモアにもならない。

「後継者候補が吹っ飛ぶ情報だ……」

大田は呟きながら卓上の電話に手を伸ばそうとした時、その電話に着信のサインが出た。発信者は外線からで登録していない携帯電話番号がディスプレーにあらわれていた。

「大田です」

「大田さん、ご無沙汰しています。以前、公総課長の時に何度かお会いした、週刊文芸におりました西岡《にしおか》です」

大田は週刊文芸の敏腕編集者だった西岡の顔を思い出していた。公総課長当時、個人的に信頼できる数人の公安マンから、将来的に知っておいた方がいいと思われる協力者を個別に紹介されていた。もちろん、大田自身が情報の確度、精度を確認したうえで、面談を希望した相手でもあった。そのメンバーはマスコミ関係者だけでなく、政財界の重鎮となった者もおり、彼らは未だに大田にとって重要な情報源、情報確認先でもあった。西岡もその一人ではあったが、数年前に大手出版社を退職し個人事務所を立ち上げたことから、やや疎遠になりつつあった存在だった。

「お久しぶりですね。それにしてもよく、この直通番号をご存知で……」

「そこは蛇の道は何とやらですから……ところで、昨日、内調のトップが古巣に記事の買い上げを要求してきて、どうやら古巣はそれに応じたようなんです」

大田のコメカミがピクリと動いた。大森関連の記事と思ったからだった。

「内閣情報官本人が申し入れたのですか？」

「どうやらそのようで、その後、官房長官からも直接、社長のところに挨拶があったようですよ」

大田の声が慎重になった。

「官房長官自ら連絡されたのですね」

「それは間違いありません。秘書室長は私の後輩ですから。ただし、秘書室長は記事の内容については全く知らなかったんですけどね」

「ほう。それは内閣を揺るがすような内容だったのでしょうね？」

「どうやら、長谷川が女のところに泊まった写真だったようですよ」

「えっ……」

大田は思わず声を出しそうになった。今回、閣僚に名を連ね、安藤総理の軍門に下ったとは言え、近い将来、安藤の身に何か起こった場合には、総理の座に就く可能性が高い存在だからだ。

「それはいつ頃の話なんですか？」

「この二、三日のことみたいですよ。写真を撮ったのも私の子飼いの記者で、たまたま、銀座の店で飲んでいたら、長谷川が一人で入ってきたそうなんです」

「写真誌ですか？」

「いや、本誌ですよ。奴は常にカメラとボイスレコーダーを携行していて、店の中での会話もキッチリ録音していたようです」

「会話の内容に何か問題はあったのですか？」

「まあ、半分は痴話だったみたいですが、半分は党内事情、閣内事情をしゃべっていたみたいです」

大田はため息が出る思いだった。

昨朝、長谷川が官邸を訪れていたことを大田は知っていたが、そういう事情があったとは全く知らなかった。そういえば、帰りの長谷川には、いつもの覇気がなかったような気がしたことを思い出していた。

「これで安藤さんも小山内さんも、党内関係に関しては一服できますね」

「安藤さんはともかく、官房長官を巡る党内環境は微妙ですよ」

「そんなのは片っ端から切り捨てていけばいいんですよ。それが権力というものでしょう。小山内さんだって、ワンポイントリリーフの可能性はあるわけで、今回の件で、さらにその可能性が強まったと言えるんじゃないですか？」

「ところで西岡さんは、どうして私に重要なスクープ話を教えて下さったのですか？」

「昔、お世話になりましたからね。それと、今後は北朝鮮の拉致問題に取り組んでみようと思うんです。拉致問題特別委員会の平成元年採用の参事官とはコンタクトを取っていますが、あまりエグい情報を求めるわけにもいきませんから」

「なるほど……」

大田は苦笑いしながら電話を切って、ポツリと呟いた。

「二重失策《ダブルエラー》か……」

その夜、官房長官の宿舎入りを確認して、大田は官邸に公安部の青山警視を呼んだ。

「この写真です」

大田は十数枚の写真をつぶさに眺めた。日本で言えば小学校の高学年だろうか、下手な化粧が幼い顔をさらに幼く感じさせる。服の上から身体を撫でているようなものから、全裸になった少女を膝に乗せているもの、そしてお互いに全裸になったものまでが写し出されていた。少女の相手をしているのはまぎれもなく大森議員その人であった。

「歓楽街にある、専門店で撮られたもののようです」

そこは市の中心街から一本外れたところにある、東南アジアではタイ・バンコックのパッポン通りと双璧をなす風俗系歓楽街である。夜になると、若い女性や男娼を求めて多くの外国人が訪れる。

「マジックミラー越しに撮ったような雰囲気ですね」

「そのようです。おそらく、写真だけでなくビデオも存在していると思われます」

「撮影者や所持していた者は、これが誰だかは知らないのですね？」

「日本の金持ちということだけのようです」

「写真がコピーされている虞はありますか？」

「そう考えた方がいいとは思いますが、今回、これを見つけたのは本当に偶然だったようです」

大田は入手経路の詳細を知りたかった。もし、できることならば、この店、もしくはこれらの写真やデータを保管している場所にガサをぶち込んででも、あらゆる証拠品を押さえたい衝動にかられていた。

「偶然……というのは、これを入手した方は、その保管場所を知っているということなのですね？」

「そのようです」

「どうしてこれまで表に出なかったのでしょう？」

「売り物としては面白くなかった……というのが本音でしょうね。少女買春をする連中というのは極めて変態的な行動をするらしく、そういう特殊なものは高く売れるのだそうです」

「変態……ですか……。同じくらいの子供を持つ親としては、想像もしたくない光景ですが、大森議員はまだノーマルな部類だったということでしょうか……。ところでこの種の画像はネット等にも流出しているものなのですか？」

「日本国内ではそうでもないのでしょうが、オーストラリアでは当たり前のように流れているようですね」

「なんとか、大森議員の分を全て入手できませんかね……」

「業者がどれくらいきちんと管理しているか……ですね。何と言っても十五年も前の話ですし、売り物にはならなかったモノですからね」

「それでも、偶然にも残っていたのでしょう？　きっと、これを入手した方は大森議員のこともよく知っていたのでしょう」

「そうですね。この街に居住する日本人の中ではドンのような存在だと思いますよ」

「ドン……ですか？　ヤクザではないですよね」

「いえいえ、一流企業の駐在員ですよ」

「えっ、そうなんですか……それならばなおさら、早めに処分したいですね。今後の日本政治のためにも……」

「一応、相談はしてみますが……」

大田はこの証拠品を一旦預かることにした。

「これは活動費です」

茶封筒には百万円が入っていた。公安部の捜査官は中身も確認せず、「お預かりします」と言って封筒をショルダーバッグにしまった。

翌朝、大田は議員宿舎に小山内を迎えに行き、車内でこの写真を見せながら概要を説明した。

「ふーん。変な趣味があったんだな」

小山内は下賤なものでも見るように口を歪ませて写真を眺めていた。大田はその後の反応を注視していた。小山内は他人ごとのように言った。

「どうするの、この写真」

「警察庁に送っても意味がないかと思いまして、こちらで預かりました。ただし、まだ、この他に動画等が存在する可能性がありますので、入手しておきたいと考えています」

「この入手経路は公安ルートかな？」

「はい」

「国外にある証拠品を全て入手できるのかな？」

「残っていれば……というところです」

「できるかぎり、そうしてくれ。金はいくらかかってもいい」

小山内の積極的な反応に内心では驚きながらも、大田は顔色一つ変えずに答えた。

「かしこまりました」

すると小山内が苦虫を噛み潰したような顔つきになってポツリと言った。

「どいつもこいつも……」

大田が軽く頷くと、小山内はいたずらっ子の顔つきに戻って言った。

「お前さんも長谷川さんの情報を知っているようだな」

「二日続きはいただけません」

「全くだ」

そう言って小山内はようやく笑った。

「今回のスクープ潰しは、やはり機密費からですか？」

大田の質問に小山内は、何も言わずに肩をすくめてみせた。

「官房機密費」とも呼ばれる内閣官房報償費は、国政運営上必要な場合に内閣官房長官の判断で支出される経費である。

旧首相官邸の官房長官執務室の官房長官デスクの背後には、黒く塗装された高さ一メートルほどの耐火金庫が、まるで権力の権化のように、ドンと鎮座していたが、現在はクローゼットの中にしまわれているため、その姿を見ることはできない。

官房機密費は年間約十四億円。これに加えて外務省報償費約三十億円の三分の一近くが流用されているとも言われている。

機密費と呼ばれる所以は支出の内容を明らかにする必要がないためで、官邸の主が交代して引き継ぎを行う時は、金庫を空にするのが礼儀だと言われる。

「いずれにしろ、当然、直接こちらから渡すような事はしない。内調経由で潰すこともあれば、大手広告代理店と正規の広報コンサル契約を結んでいる経緯から、マスメディア工作を代理店に一任する手法もある」

「広告代理店を通す手法は、一種のマネーロンダリングのようですね」

「まあ、蛇の道はなんとか……というやつだな。かつての官房長官経験者が使い道をマスコミに話したことがあったからな」

その官房長官経験者によると、官邸の金庫から毎月、首相に一〇〇〇万円、衆院国対委員長と参院幹事長にそれぞれ五〇〇万円、首相経験者には盆暮れに一〇〇万円ずつ渡していたということだった。

「衆参の国対関係者に野党工作として機密費を渡していたとも言っていましたから、野党にも流れていたわけですよね」

「どの世界に身を置いていても、一度毒饅頭を喰ってしまえば、なかなかその味を忘れることはできないもんだ」

小山内が笑いながら言った。

今回の改造で閣僚に復帰したのが、安藤総理の「お友達」と呼ばれている盟友の一人、谷内俊輔《たにうちしゅんすけ》だった。

頭脳明晰というのが一般的な彼への評価だったが、政治家ウォッチャーの多くは、彼を「異常性格者」と呼んでいた。

「よく、あいつが復権したな」

「お友達だから仕方ないだろう。頭がいいことは皆が知っていることだからな」

「しかし、あの性格は治らないだろう?」

「と、思うけどな。『瞬間湯沸器』などと揶揄されている頃はまだ可愛かったが、『党内一のブチ切れ男』の異名を持っているからな」

二人の閣僚経験者が衆議院本会議場議員席の最上段から、ひな壇に座る谷内を見ながら、小声で語っていた。

「こうして見ると総理の回りには東大出が多いな」

「閣僚だけでなく、政務担当秘書官、政務の内閣官房副長官も霞ヶ関出身で、東大出の閨閥《けいばつ》持ちときている」

閨閥とは政・財・官の分野で有力な一族同士が通婚することによって、各々の影響力の保持、強化に努める血縁ネットワークである。特に近年、政治の分野では国会議員の世襲が常態化し、政界の主導による財界、官界等との複雑な血縁関係が形成されるようになっている。

また霞ヶ関内部での閨閥形成も散見され、自省庁の若手有望株のキャリアに娘を嫁がせることで、自身の影響力拡大を図っている。

「霞ヶ関対策を狙ってのことだろうが、政務担当秘書官を霞ヶ関から持ってくるとは思わなかった」

内閣総理大臣秘書官は、特別職の国家公務員で、慣例的に七人置かれている。その内訳は政務担当一名、事務担当六名で、政務担当秘書官を通称〝首席秘書官〟と呼ぶ。その役割は首相のスケジュール調整のみならず、政策立案の補佐や政府各部門の調整にまで及ぶため、マスコミからの注目度も高い。メディアの報道などで情報源が「首相周辺」とされた場合、その多くは政務担当秘書官を指す。

他方、事務担当秘書官は、外務省、財務省、防衛省、警察庁、経済産業省等の各省庁から一名ずつ内閣官房に出向する形で就任している。

「まあ前回も、政務担当秘書で失敗しているからな」

「まさか、その後、よその政党から出馬して国会議員になるとは思っていなかったんだろう。官僚の中でも特殊な人材を登用したつもりなんだろうが……」

「政務の内閣官房副長官も東大出を選んだからな」

「まあ、あいつは優秀ではあるんだが、お坊っちゃん総理のことだ、普通の議員は相手にしない……というところか？」

「しかし、小山内は違う」

「そうなんだ……最後の党人派だからな……そのくせ、自分の派閥を作ろうとも考えていない。奴の狙いは幹事長……というところが一般的な見方だったが、俺には最近、それもわからなくなってきた」

「第一次安藤政権の時、安藤総理に対して、失言大王とも揶揄されていた水谷《みずたに》元総理が、『あんたの側近には党の嫌われ者ばかり……』と言ったそうだが、その一人が小山内だった」

「水谷のおっさんは、自分自身が身の程を知らない男だったからな。あの人が言うことは逆もまた真のところがあったが、小山内はまさに化けた感がある」

「今、小山内を外して内閣を見ることはできない。そこに官僚出身者と世襲議員たちの羨望とやっかみがあるのも事実だ。小山内が権力を手中にし、霞ヶ関の人事に積極的に介入し始めると、霞ヶ関が政治を動かすという官僚の思い上がりは、もはや政府に対する恐れに変わってくる」

「後は総理のお友達グループだな」

「しかし、以前のお友達は淘汰されてきたんじゃないか?」

「確かに第一次安藤政権から五年の間に本人も成長したのだろう。最近は落ち着きが出てきている。その背景にはやはり、お友達の質の変化があったと見るべきだろうな」

総理には盟友と呼ばれた議員がいたが、彼もまた失言が多かった。失言で政治生命を失う者は多い。そしてこれを側近として置くには、任命責任として自らの首を賭けるだけの覚悟が必要なのだ。

「保険の掛け方を覚えたんだな」

「その保険が小山内だったわけだ」

「総理も小山内があそこまでやるとは思っていなかっただろうな。家の内が安泰なだけに自分で外交ができる……というわけだ」

「それは誰しもが感じていることだな。小山内という男、なかなかの者だが、奴の本音が今ひとつわからん。まさか、突発のワンポイントリリーフを狙っているわけではなかろうが……」

「ナンバーツーはあくまでもナンバーツー」

「しかし、総理に万が一のことがあった時の本物のナンバーツーが育っていないのだ」

そう言いながら、議場の最上段から議員席を二人で眺め回したが、輝きを放つ後ろ姿が見当たらないのも事実だった。

第七章　日本再生

「首相が被災地に入ってもあまり意味はない」

との閣僚経験者の声もあるが、安藤総理は総理就任以来、月一度のペースで福島、宮城、岩手の三県の視察を行っている。その結果、難航していた集団移転の用地取得手続きの大幅短縮に着手し、用地取得率を急上昇させるなど、一定の成果も上げている。野党の中にも、この取り組みに対して「不断の努力をしている」と評価する者がいるほどだった。

赤坂の個室居酒屋で、各社の官房長官番記者と小山内との懇談会、いわゆる「記者懇」が行われていた。小山内は酒は飲まないが、酒の席は嫌いではない。日ごろ官邸で会うときとは、また異なるリラックスした番記者たちの姿を眺めていた小山内に、顔を赤くした民放の若い男性記者が尋ねた。

「ところで官房長官は東北には行かれないのですか？」

「現地には再三総理ご自身が足を運んでいらっしゃいますし、主管大臣も同様ですので、責任ある立場の閣僚がそれぞれの任務を果たせばいいんじゃないかな」

　小山内はやわらかく答えた。

「福島の現状については、どうお考えですか？」

「現政権の閣僚だけでなく、与党全員の共通した認識として、一時たりとも福島をはじめとした被災地のことを忘れたことはありませんし、一日も早い復興を願っています」

「しかし、今回の首相の視察の背景には二つの県知事選が見え隠れするような気がするのですが……」

「まあ、全くそれがないとは言えないでしょうが、それは二の次、三の次のことですね。特に福島では中間貯蔵施設の受け入れを決定して下さった自治体や、避難指示が解除となる地域もあるわけですから、総理としては視察せねばならないでしょう」

　小山内は淡々と答えた。

「安藤総理としては政権交代後、復興が着実に進んでいるとアピールする狙いでしょうか？」

「奥ゆかしさだけでは政治はできないからね。積極的なアピールもまた政治ですよ」

「ところで、東京電力福島第一原発事故に関し、政府の事故調査・検証委員会が元所長から当時の状況を聞いた『聴取結果書』を内閣官房のホームページ上で公開したのですが、これに加えて事故発生時の首相、官房長官、首相補佐官らの調書も本人の同意に基づき公開したのは、野党対策の一環なのですか？」

「そんなことは全く考えてないよ。一部のみ取り上げた報道がなされ、独り歩きする懸念が顕在化したためですよ。記者会見で言ったとおりです。福島を政争の具になんかするわけがないでしょう」

「それはそうなんですが、マスコミの立場としては、どうしても穿《うが》った見方をしてしまう時があるんです」

するとと小山内の目つきが厳しくなった。

「君はいつから政治記者をやっているんだ。政治記者ほど世の中を正確に見ておかなければならないんだ。君は被災地に一回でも足を運んだことがあるのか」

「残念ながら行ったことがありません」

「政治記者失格だな。一度自分の目で見てから質問することだ」

小山内はその後この記者と目を合わせることがなかった。

その場の雰囲気をとりなすように、別の記者が訊ねた。

「官房長官、原発の新たな規制基準を作って、原子力規制委員会が新たな基準に適合しているとする原発は運転を再開していくのですか？」

「当然、地元ともしっかり協議したうえで、規制基準にあったものについては稼働していく」

「川内《せんだい》原発の再稼働もその例ですね」

「そういうことだな」

「しかし、九電では再生可能エネルギーの買い取り拒否も話題になっていますが……」

小山内は二、三度ゆっくり頷いてから答えた。

「太陽光など再生可能エネルギーの普及が壁にぶつかっていることは承知している。北海道、東北、四国、九州、沖縄の五電力が、再生可能エネルギーを固定価格で買い取る契約を中断することを決めたようだからな。しかし、その理由と原発再稼働のこととは問題のすり替えだと思うな。今回の契約中断の原因は送電線の能力が足りず、買い取りをこれ以上増やすと停電などのトラブルを起こす心配があるためと聞いている」

「確かにそういう説明でしたが……そんなことは最初からわかっていたことではないのですか？」

「この法律が成立したとき、我々は野党だったからな。当時の首相が自分の首をかけて成立させた法律でしょう？　国が決めたこととはいえ、誤りがあれば是正して行かなければならない」

「すると法改正もありうる……ということですか？　法律で全量の買い取りが義務付け

られているはずではなかったのですか」

「これには例外規定があって『電気の円滑な供給の確保に支障が生ずるおそれがあるとき』は断ってもいいとされているわけですよ。今回、電力各社はこれをその理由にしているわけですね」

「官房長官は電力事情にもお詳しいんですね」

「全ては福島から始まったことです。原点を忘れては何もできません。福島が日本だけでなく世界にも示した、原子力エネルギーに関する安全神話の崩壊に、日本国として責任を持って対処して行かなければならないということです」

「それは使用済み核燃料の最終処分場も含めて……ということですか？」

「そうです。残念ながら、日本には数万年後まで確実に残る地層は確認できていない。これは一国だけで検討しても仕方ないことで、原子力の恩恵に与《あずか》っている世界中の国家で検討しなければならないことなのです。福島が教えてくれた問題はまだまだ山積しています。帰宅困難地域、除染、農林漁業等あらゆる問題を一つ一つ迅速に解決していく必要があるわけです」

「なるほど……福島はまだまだ道半ば……ということですか？」

「まだ、半ばなどという安易な言葉は使えません。とにかく、原発を含め、地震、津波被災地の復興なくして日本の未来はないということです」

小山内の決心は、記者たちに重く響いた様子だった。

内閣官房に「地方創生担当」が設置されたのは内閣改造に伴ってのことだった。

「『地方が成長する活力を取り戻し、人口減少を克服する』とは、ご立派な提言ではあるが、国家構造を変えない限り無理な話だ」

「『そのために、国民が安心して働き、希望通り結婚し子育てができ、将来に夢や希望を持つことができるような、魅力あふれる地方を創生し、地方への人の流れをつくる』というのも、やれるものならやってみれば……という感じだな」

閣僚経験者二人が議員宿舎近くのクラブで店のホステスを前にクダを巻いていた。

この二人は決して安藤政権を否定するものではなかったが、その周辺にいる、彼らにしてみれば「提灯持ち」が嫌いだったのだ。

「総理はリーダーシップを発揮していると思うよ。ただし、これにブレーキをかけるのが小山内の野郎しかいないのが問題なんだ」

「うちの派閥だってそれなりの人物はいるんだ。確かに我々がそれを知りながら、総理に担がなかったところにも失敗はあったが、もう少し本格的な重鎮を閣僚に入れるべきだったな」

「女性、女性というが、閣僚の器ではないのが半数以上だからな」

「まあ、そのうち墓穴を掘るだろうが、そうなると、せっかく先の閣僚が長期内閣を維持しようとした功績を無にしてしまう」

二人はホステスたちの耳も気にせず、意気揚々と政府の批判を始めた。

ホステスの一人が口を開いた。

「先生、今日はずいぶんご立腹なのね」

「ご立腹なんていうレベルじゃない。俺は世を憂いているんだ」

「憂いて？　どういうふうになれば、先生にとってこの世の中が良くなるの？」

「そうだな……まず、第一に国民が今のままの高等教育を受けなきゃならないような世の中である必要はないということだ」

「それって格差社会肯定ってこと？」

「バカを言っちゃいかん。高等教育というのは専門知識を身につけることなんだ。卒業しても就職もできないような大学に入ってなんになる。結局そういう連中がニートになり、二十代から生活保護を受給するようなことになるんだ」

「でも、私の父は『大学生活は人生の猶予期間だ』と言っていたわ。私もそう思って大学に行ったんだけど」

「親父さんはきっとゆとりのある生活を送っている人なんだろう。お前は、ホステスになるために大学に行ったのか？」

「夜のお仕事は社会勉強をしているだけ。昼間はちゃんと仕事をしています」

「どちらも片手間じゃ、どちらもモノにはならんな」

「片手間か……でも国会の先生方だって、落選してタダの人になる方と、本来の事業に戻られる方もいらっしゃるでしょう？」

落選の言葉を聞いて代議士のこめかみがピクンと動いた。彼自身二度の落選という苦汁を舐めたことがあったからだ。

「落選しても、そこからまた這い上がる者とそうでない者がある。そこが人間の力量の差だ」

「確かにそうかも知れませんが、どちらが多いのかしら？」

「諦める奴の方が多いだろうな」

「でも、どちらが成功者か……となると、何ともいえないでしょう？」

「それは志の問題だ。一度、政治家という国家に奉仕する職業を選んだ限りは、それを全うするのが本来の姿だろう。落選して別の道を選んで成功したとしても、やはり忸怩たる思いが残っているはずだ」

「弁護士で国会議員やっている人は二足の草鞋《わらじ》じゃないんですか？」

「それは難しい質問だな」

「どちらも片手間になっているんじゃないんですか？」

「そう言われれば、うちの前のトップも弁護士だな……」

「弁護士というのは単なる肩書だけで、本業の実績が全くない人なのかも知れませんね」

「厳しいな、片手間発言は撤回しよう」

「国会の先生方って、『撤回』ということばだけで、責任逃れできると考えていらっしゃるみたい。そのあたりの常識が世間と大きくかけ離れているんだけど」

「なんだお前は俺に喧嘩を売っているのか？　面白くないな」

代議士はそういうと黒服を呼んでホステスを替えるように言った。すぐにママがやってきた。

「この子が何か失礼なことを申しましたか？」

そう訊ねたママだったが、さして怒った様子ではなく、むしろ楽しんでいるような表情だった。

「失礼……そうだな。そうとも言える。ただ、不愉快だ。もう少し躾をしてもらわないと客足が遠のくぞ」

代議士は憮然とした顔のまま言った。ホステスは「失礼致します」と頭を下げて席を立った。その後姿に思わず見とれるように代議士が呟いた。

「黙っていればいい女なんだが、愛想も何もない奴だ」

「あらそう？　今、うちではナンバーワンなんだけどな」

「おまけに口の利き方を知らん奴だ」

「可愛さ余って何とか……っていうことだったんでしょう」

「まあ、ろくでもない大学しか行っとらんのだろう」

「いいえ。彼女はあれでも東大卒の女医さんで、しかも、ニッコールの神崎《かんざき》会長のお嬢様よ」

「な、なに？　ニッコールの神崎会長？」

代議士は言葉を失っただけでなく、顔面も蒼白になっていた。「東大出の女医」という言葉よりも、「ニッコール」という社名に対して明らかに動揺していた。

ニッコールはコンピューターシステム会社の大手で、会長の神崎俊博《としひろ》は経団連でも副会長を務め、国会では多くの諮問機関の委員に任ぜられている、財界の大物でもあった。しかも、現総理の政策面の陰の相談役とも言われている人物で地方創生論者の一人としても名が通っていた。

「それで、彼女は今どこに勤務しているんだ？」

「彼女は白川記念病院の脳外科医ですよ」

「白川記念病院……それも脳外科医といえば、皇室から財界人までお世話になっている……というあの病院か？」

「彼女はあれで、エリート外科医なんだから」

「そうか……参ったな」

代議士はそれまでの勢いが一気に萎んでしまった感があった。

「彼女はサッパリした性格だから、気にすることはありませんよ。ただし、二度とお席に付くことはないと思いますけど。何かあったんですか？　彼女と」

「いや、ちょっと地方創生の話になってな……」

バツが悪そうに言うと、もう一人の代議士が申し訳なさそうに言った。

「先生が地方創生を批判しながら、現内閣の現状を憂いていらしたところに、彼女が口を挟んだんだよ」

「あら、そうでしたの。そこでどうして彼女の学歴の話になってしまったんですか？」

「彼女が昼間は別の仕事をしているようなことを言ったのと、大学が人生の猶予期間なという話が出たんでな、ちょっと口を滑らしてしまった……というわけさ」

「あらら、そりゃダメだわ……彼女、総理とも親しいから……」

「なに？　総理と？」

「だって、彼女も内閣や厚生労働省のなんとかいう機関の委員よ。月に何度かは総理とも顔を合わせているし、なんだかんだ言っても子供の頃から知っている、いわば旧知の仲ですもの」

「アチャー。なんでそんな子が夜の仕事を、しかも、ここにいるんだ？」

「仕方ないでしょう。本人が勉強したいって言うし、それなりの方のご紹介だったし、見てのとおりの美しさでしょう？　お客様だって放っておかないわよ」

気の毒になったのか、ママが二人に言った。

「でも、地方創生ってそんなに簡単なことじゃないと思うし、五年、十年で形が見えることでもないと思うんだけど、どうして今、それが必要なのかしら。東京一極集中にしてきたのは、いわばこれまでの国策の一つだったのでしょう？」

これを聞いた代議士たちは我が意を得たりという顔になって答えた。

「そうなんだよ」

「バブル期がはじまる頃から、ふるさと創生などのバラマキ行政はさんざん行われていたんだ。結果的にどれ一つ取っても上手くいった例《ためし》がないどころか、地方からの人材流出、東京一極集中は加速してきた」

「その大きな原因はなんだったのですか？」

「地方の自立性がなかったことが一番だろう。どこの地方都市に行ったって、ミニ東京があるだけじゃないか。小京都も掃いて捨てるほどあるけどな」

「日本人は『どこどこ富士』『〇〇銀座』という表現が好きなのよ」

「開聞《かいもん》岳は開聞岳でいいじゃないか。それがなぜ薩摩富士にならなきゃいけないんだ。

小さな商店街のどこが銀座なんだ？　行くだけで嫌になるし、そんなところに補助金を出すのもアホらしくなる」

「補助金の話になると辛気臭くなるけど、確かにどこの都道府県の一番大きな都市の駅前に行っても同じような雰囲気よね」

「だろう？　共産主義国家でもあるまいし、都市の玄関口だけでも独自性を持ってもらいたいんだ。ＪＲ京都駅があんなになってしまった時には愕然としたものだ」

代議士は顔をしかめて言った。

「それなのに、どうしてまた同じようなことをやろうとしているの？」

「人口減少克服という構造的な課題に正面から取り組まなければ、日本という国家の存続が危ぶまれているからだ」

「じゃあ、今の若い女の子が子供を産みやすくするにはどうしたらいいと思います？」

「若い世代が安心して働き、希望通り結婚・出産・子育てをすることができる社会経済環境を実現することだな」

「そんなことなら、うちの子たちでも言えるわよ。ねえ」

ママが若いホステスたちに言った。すると、今までずっと口をつぐんでいたホステスの一人が意を決したように言った。

「私、年に何回か田舎に帰るんですけど、三日で飽きてしまうんです。友達も何人かは残っているんですけど、会話が全く噛み合わないんですよ。地方に住んで、働いて、豊かな生活を実現しようなんて無理。なんて言うかな……活力というか、燃え上がるような情熱が地方にはないんです。ちょうど、イギリスのイングランドとスコットランドくらいの差があるんです」

「面白いことを言うな。行ったことがあるのか？」

「ありますよ。ただ、イギリスの場合は、人種問題と原油利権という大きな隔たりが背景にあるから。それと、スコッチウイスキーをイングランド人が飲むことができなくなる」

若いホステスが笑いながら言ったが、それを二人の代議士は思いの外、真剣な眼差しで聞いていた。

「東京に人が集まるのは仕方ないとしても、その逆に東京以外の土地に魅力がなければ、その傾向はまったく変わらないのではないのですか？」

「そのとおりだ。地方には地域の特性に即した地域課題の解決が求められる。これまでも、地方の努力に国が支援する制度はあったのだが、外部からの観光客誘致が精一杯の状況だった」

「今度は観光だけでなく、移住とかＵターンを期待するわけですよね」

「そうだな。地方中枢拠点都市及び近隣市町村、定住自立圏に活力ある経済圏を形成し、人を呼び込む地域拠点としての機能を高めることを目標にしてというんだが……」

「地方都市にそんな余力はあるのかしら。何と言っても田舎にはお年寄りばかりの集落が多いんですよ」

「それは都心でも多い地域が目立ってきた。高齢化と単身化が進んでいるんだ」

「確かに、私の親戚のおばちゃまが住んでいる団地は、お年寄りだらけで、お買い物にも苦労しているみたい」

「買い物難民は田舎だけでなく、都会でも増えているのが実情だ。お年寄りには特養ホームのような集合住宅を建設して、空いたところに若者が居住できるようなシステムを構築していかなければならないだろう」

「そうすると、お年寄りはますます孤立してしまうんじゃないかしら」

「地域の絆の中で高齢者をはじめ全ての人々が心豊かに生活できるような環境を予め設定しておく必要がある。多世代交流が今後の日本の将来を占う鍵になることはあきらかだ。お年寄りを大事にしない国は必ず滅びる。誰だっていつかは年寄りになるんだ」

赤坂の高級クラブでの会話とは思えないほど、話は盛り上がっていた。

「総理執務室に、総理のお兄様がいらっしゃっているそうです」

大田が官房長官執務室で小山内に報告した。

「ほう。お兄さんは住井商事の役員だよな」

小山内が記者会見用資料をチェックする手を止めて大田を見て言った。

「はい。以前は中国住井の総経理も任されていた、エリート商社マンです」

「よく知っているな」

「大学のゼミの先輩でもありますし、在北京日本大使館で一等書記官として勤務していた同期もお世話になっていたようです。そのお兄様が後ほど官房長官にお会いしたいとおっしゃっているようです」

「それは光栄だな。そうか、お兄さんは東大だったのか」

「弟が日本のトップになっているというのは複雑でしょうね」

「お兄さんも業界ではトップクラスなんだろう？　道が違うとは言え、トップに立つ者の苦労はよく理解できるんじゃないかな」

大田と話をしているうちに小山内の卓上電話が鳴った。

「総理からだ」

小山内が受話器を取って一言二言話して席を立ちながら大田に言った。

「同席しなさい」

二人は内廊下を通って総理大臣執務室に入った。

総理大臣執務室内にある応接セットには安藤総理の他に二人が座って和やかな雰囲気

で談笑していた。安藤総理が立ち上がると二人も立ち上がった。

「会見前の忙しい時間に申し訳ありません」

「とんでもない。光栄に存じます」

「兄の宏明《ひろあき》と、秘書の佐々木木綿花さんです」

穏やかな笑顔で会釈した総理の兄は、エリート商社マンというよりは温厚な、茶道か華道の家元のような品の良さを感じさせる風貌だった。その隣には紺色のスーツ姿ではあったが、大田が思わず息を飲むほど楚々とした美しい女性が控えていた。

総理が小山内を紹介すると、小山内が大田を総理の兄に紹介した。

「彼は秘書官の大田祐治君でお兄様の大学のゼミの後輩ということで連れてまいりました」

「ほう。石倉《いしくら》ゼミですか？」

「昨年、石倉先生の米寿のお祝いの席で、安藤先輩のご尊顔を拝しておりました」

「そうでしたか。ところで、駒場で文化人類学は履修しましたか？」

「はい。佐々木哲郎先生でした」

大田が答えると安藤総理の兄が右手で女性秘書を示して、紹介した。

「彼女は佐々木哲郎先生のお孫さんです」

「えっ……」

大田は改めて木綿花を眺めた。彼女はやや緊張した様子はあったが、努めて笑顔を見せていた。

「佐々木哲郎先生は偉大な方でした」

大田が木綿花に言うと、木綿花は照れくさそうに言った。

「私はその血を全く引いていないみたいで、申し訳ないです」

「とんでもない。それよりも、今は官房長官とのお席ですから……」

大田が話をやめると、小山内がにっこりと笑って言った。

「大田君も女性の前ではしおらしくなるんだな。彼は警察庁からの派遣で、なかなかの仕事人なんですよ」

「仕事人というと裏の仕事とか？」

「裏も表もこなすんですよ」

小山内にしては珍しく饒舌だった。やはり、若く、美しい女性がいると和やかになるものだ……と、大田は感じながらも、彼女を同行した安藤総理の兄の配意に感心していた。

政界、財界の話に加えて中国情勢まで話が及んだが、さすがに中国住井の総経理を経験していただけあって、中国に関する情報は的確だった。

あっという間に十五分が過ぎ、小山内が腕時計に目をやった時、総理の兄が言った。

「小山内さん。今度、私の友人で弟とも親しくしてくれている、コンピューターシステム会社のニッコール会長の神崎俊博さんと一度食事でもしながら会っていただけませんか?」

「神崎会長は内閣府の諮問会議で何度かお会いしていますが」

「神崎さんが是非、お誘い願いたいということなんですよ。小山内ファンということですかね。それから神崎さんのお嬢さんは女医さんなんですが、彼女もまた小山内さんのファンだそうで、是非ご一緒できれば……ということなんです。そして、彼女はこの佐々木さんの中学高校の先輩という、面白いつながりもあるんですよ」

「そうですか。それでは日程調整をするよう秘書官に連絡をしておきます」

すると安藤総理が言った。

「小山内さん。もうすぐ長谷川さんもいらっしゃるんですが、ご一緒しませんか?」

「長谷川さんですか……」

小山内は大田を見て一瞬首を傾げた。大田が長谷川がマスコミに撮られた写真、ネガを回収してきたばかりだったからだ。そして、安藤総理もその事実は知っていた。

「長谷川さんは兄の先輩に当たるんですよ。時間が空いているということでしたのでお声掛けしておいたんです」

小山内は長谷川がどんな顔をして入ってくるかを見てみたい気持ちになった。

「長谷川大臣がおみえです」

秘書官が告げるとほぼ同時に長谷川が笑顔で執務室に入って来るなり、総理ではなく総理の兄にむかって言った。

「ようよう、久しぶりじゃないか」

長谷川はズカズカと応接セットに近づくと、総理や小山内を完全に無視するように、応接テーブルを挟んで総理の兄に向かって右手を差し伸べた。

「先輩どうも、ご無沙汰致しております」

総理の兄が立ち上がったため、居合わせた全員が長谷川を立って出迎える形になった。

握手を終えると、総理が席を勧めた。

「うちの部屋は狭いから、来てもらうのも申し訳ないからね」

嫌味ではないのだろうが、大田にはどうしても長谷川の態度はぞんざいに思えた。

「あれ、君、前に会ったことがあるよね」

長谷川が木綿花をふと見て言った。長谷川の一度会ったら忘れないという優れた能力が裏目に出た瞬間だった。

「はい。学生時代にアルバイト先でお会いしました」

「そうだ、佐々木先生のお孫さんだ。どうして君がここにいるの？」

「今日は安藤常務の秘書としておじゃましています」

たの」

「ああ、確かあの時、総合商社に就職が決まっていると言っていたね。そう、そうだっ

長谷川は無遠慮に木綿花の全身を舐めまわすように見て言った。

安藤総理の兄が口を挟んだ。

「なんだ、長谷川先生ともお知り合いだったのか?」

木綿花は笑顔を消すことなくコクリと頷いた。

長谷川が何か言いかけた途端に安藤総理の兄が言った。

「最近の若い女性は夜のお仕事をアルバイト感覚でやるようなんですよね。この佐々木くんも大学四年の最後の半年間、銀座で働いていたらしいんですよ」

「ほう」

安藤総理も驚いた顔をして木綿花の顔をマジマジと眺めた。すると安藤総理の兄が再び口を開いた。

「ニッコール会長の神崎俊博さんのお嬢さんも東大医学部を卒業した女医さんながら、週に何度か赤坂のお店に出ているそうで、議員の皆さんが羽目を外しているところを観察しているみたいですよ」

すると長谷川が言った。

「おちおち、外で酒も飲めないな……その点で小山内さんはいいよね」

長谷川は小山内よりも十歳以上下だったが、国会議員としての経歴は三期も先輩だった。小山内には「さん」付けして呼んではいたが、どうしても先輩風を吹かせてしまうところがあった。

「まあ、私は酒を嗜《たしな》みませんからね。酒を知らない人生は損をしているという方もいらっしゃいますが。これればかりは仕方ありません」

「うーん。まあ、確かにそれは仕方ないけどね。しかし、そんな情報も官房長官になると自然と入ってくるものなんでしょうね」

「その気になれば……というところですかね」

「あまり、その気にならないでよ」

そこまで言うと、木綿花の前を意識してか、長谷川が豪放磊落を装うかのように声を出して笑った。

小山内も苦笑するしかなかった。

その数日後、小山内は再び沖縄の地に降り立った。

出発前の羽田空港のエグゼクティブラウンジでは、同行記者団の質問に答えて、まさに小山内の沖縄への思いの一端が垣間見える瞬間があった。

「今回、官房長官が官邸を空けてまで沖縄に向かわれる最大の理由はなんですか？」

「普天間基地の移設予定地の辺野古沖を視察して知事らとの会談を行う予定です」

「官房長官自らが基地負担軽減担当を兼務したことも大きな理由の一つと考えてよろしいのですか」

「普天間基地の固定化を避けるためには辺野古移設しかないわけですからね。辺野古移設は争点にはなりませんよ」

そこに新人の記者が訊ねた。

「官房長官、実は素朴な質問があるのです」

「沖縄に関することならどうぞ」

「普天間ができたのは一九四五年、米軍が上陸してすぐに建設が始まっているわけです。当時は民家もほとんどなかったことは、当時の航空写真を見ても明らかなんです。つまり普天間基地の周辺は、元々あまり人が住んでいない土地に戦後に米軍基地ができて、少しずつ家が建ち、だんだんと発展したものです。農家や荒地や畑なんかの地主はいたでしょうけど、もともと市街地だったというのは嘘です」

小山内は黙って聞いていた。

「危険の可能性があったとしても、なぜか基地周辺に住む人がどんどん増えたわけです。昔から住んでいた人でなく、周辺の住民の八割くらいは戦後に基地ができてからの転入者です。そして今では住宅が増えてまるっきり市街地になったという流れです」

「それで？」

小山内はこの記者の言わんとすることがわかっていた。小山内自身、普天間問題に接した当初は気になっていたことだった。

「児童の安全より反対運動を優先した事実をどうお考えでしょうか」

記者が訊ねたのは、基地に隣接する普天間第二小学校の移転問題だった。この小学校は基地の危険性の象徴的存在といわれていた最中の一九八九年、校舎の老朽化等の危険性から、基地から離れた場所に移転させる案があったが、市民団体などに「移転せずに現在の場所で改築すべきだ」と反対された結果、移転できなかったというものだった。

「そういう背景があったのは確かだ。しかし、戦後、沖縄がアメリカの統治下にあった三十年近い長い時間は、沖縄県民にとっては耐え難い時間だったろう。その間、経済的にも事実上アメリカの支配下にあった訳だから、基地の周りにあらゆる生活環境が整えられても止むを得なかっただろう」

小山内は記者の目を見て答えた。記者はゆっくりと頷いて、おずおずと訊ねた。

「もう一つ、沖縄は県民所得最下位から脱却しているんですね。しかも沖縄県民は地元志向が強い。そうなると、教育問題を含めた新たな産業の導入が必要なのではないかと思います」

「そこで、今回沖縄を『観光ビジネス振興』『沖縄科学技術大学院大学を中心とした国際的なイノベーション拠点形成』を目標として、国家戦略特区に指定しました」

　国家戦略特区とは経済社会の構造改革を重点的に推進することにより、産業の国際競争力強化、国際的経済活動の拠点形成促進の観点から、特別区域において規制改革等の施策を総合的かつ集中的に推進する政策の一つである。

「やはり、観光ビジネスが第一になるわけですね」

「沖縄のような暖かい気候と美しい海がもたらす自然は、日本国内では他に小笠原くらいしかありません。そして昨年の沖縄への観光客は六百六十万人。これはほとんど現在の沖縄のキャパ一杯です。ですから離島とのアクセスを容易にするため那覇空港に第二滑走路の建設を前倒しで行なっています」

「それに加えて科学技術……ですか？」

「産業の導入に関しては我々も考えているし、産業界にも様々な形で協力を依頼しています。観光だけで発展することは難しい。さらに観光資源も自然環境だけとなると、企業誘致も困難になってくる。沖縄の地理的条件が不利になりにくいIT産業の振興とIT開発拠点の建設も実行に移そうとしているさなかです。沖縄の自然と人工構築物ができる限り共存できる環境設定も必要なんです」

「環境保護一本では発展を望むことができない……ということですか？」

「困難だ……ということです」

新人記者が頷くと、別の記者が訊ねた。

「沖縄もハワイのようになってもらいたいですよね。自然と人工が見事に融合していますし、オアフ島のメインビーチであるワイキキビーチは人工の砂浜ですからね。観光客にもウェルカムですし……カジノがなくても、いいリゾートになると思うんですけどね」

「カジノね……」

小山内の目がキラリと光った。記者は小山内の反応を確認すると話題をカジノに絞って質問した。

「沖縄県は他の地方公共団体に比べてカジノ導入に関して、かなり積極的であるような気がします。これは、国から何らかのサゼッションがあったのではないか……という疑念さえ抱いてしまうのですが、その点はいかがですか？」

「国からのサゼッションなどあるはずがありません。確かに国内にカジノを建設しようという動きはかなり前から出ていますし、国会内では超党派による研究会も行われています。しかし、それには現存する法律の改正も必要ですからね」

カジノは刑法第百八十五条から第百八十七条に規定されている「賭博及び富くじに関する罪」に該当する犯罪である。ただし、法令に基づいて行われる行為や社会通念上正当な業務による行為は、刑法第三十五条の「法令又は正当な業務による行為」として、刑法に規定された罰条に該当しても犯罪は成立しない。つまり、現在、日本国内で行われている競馬、競輪、ｔｏｔｏ等の賭博行為や宝くじのような富くじは合法とされている。

「なるほど……そういうことですか。ただ、沖縄だけの話ではないのですが、すでにカジノ導入が決まったかのように、県の議員や職員が視察と銘打って、ラスベガスやマカオ、オーストラリアのゴールドコースト等のカジノに頻繁に足を運んでいるのは、いかがなものかと思いますけどね」

「それは地方自治体の判断で行っていることでしょうから、国がどうのこうのと言う立場ではないでしょう」

「しかし、カジノ建設という方針を示しているのは国ですし、その誘致の可能性を何らかの形で沖縄に示唆した結果だとは思われませんか？　そうでないと、血税を県の議員や職員視察という名目で消費すること自体が、県民にとっては大問題になるはずです」

「沖縄の国家戦略特区の第一に観光ビジネス振興を掲げている以上、現在の沖縄観光の問題点も考えなければならない。現在のところ外国人観光客数が全体の四パーセント程度と極めて少ないことや、観光客一人当たりの県内消費額が伸び悩むなどの課題を抱えていますからね。このような課題解決のひとつの方策として、沖縄県でカジノ導入を検討することは決して間違っているとは思いません」

「カジノの導入は、新たな沖縄観光の魅力向上につながるという見方はわからないではないのですが、日本国内のカジノが沖縄一ヶ所ならば、外国人観光客の誘致を見込むことができますが、国内に数ヶ所のカジノが誕生するとなれば、その価値は半減どころか、かえって沖縄県の自立経済の構築の妨げになるのではないかと危惧しています。現に、ハワイやマイアミには大型カジノはありませんからね」

「確かに、何のためのカジノなのか？　という視点は必要だろう。国家戦略特区に指定したからには、様々な規制も緩和されるわけで、沖縄の観光がある程度のところまで持続的に成長して、自立的な経済社会が構築されなければならないと思っています」

するとと年配の記者が訊ねた。

「沖縄を巡る様々な問題は結局、経済問題に帰結すると思うのですが、官房長官はいかがお考えですか？」

「生活水準をあげることは第一だと思います。ただ、それと平行してやらなくてはならないことがたくさんあります。まずは基地負担の軽減でしょう。その根底部分を解決せずして沖縄経済の発展はありませんからね」

「米軍施設関係者が落とす金も大きいのではありませんか？」

「それは雇用の問題も含めて大きいでしょう。しかし、トータルで考えた時、将来的に沖縄にとって何が大事なのか。そして、今しかできないことを早急に行うスピードも求められているのは事実です。それにはアメリカの都合も当然ありますし、中国に対する抑止力という点からも、沖縄という場所が重要な拠点の一つであることは間違いないとです。海兵隊の唯一の海外基地が沖縄なのですからね」

「私は長い間政治記者をやっていますが、沖縄のことを正面から心配する政治家が減ってきたような気がします。小山内さんは久々に現れた力ある代議士だと思いますよ」

「政治家として、目に見える形の実績をあげ、これを順次行っていくことが大事だと思っています。総理ともよく話をしていますが、沖縄の負担軽減と東北被災地の復興なくして日本の真の発展はありえません。これだけは断言できることなんです」

熱のこもった小山内の言葉に、同行記者団から思わず拍手がおこった。

那覇空港からヘリコプターに乗り込むと普天間飛行場の移設予定地とされるキャンプ・シュワブがある辺野古に向かった。

「この国をあるべき姿に戻したいんだよな」

小山内が大田に向かってポツリと言った。

「官房長官がお考えになるあるべき姿というのはどのような形なのでしょうか」

「若者が逞しく育っていくエネルギーを持つような国にしなければならない」

「非常に抽象的な感じがしますが……」

大田は正直に言った。これに対して小山内が厳しい顔つきになって語り始めた。

「現在の日本はとてつもない国難にあると言っていいと思う。東日本大震災からの復興は最優先課題であるにもかかわらず、決して順調とはいえない。さらに竹島、尖閣諸島など、わが国の領土が脅かされている。これに加え、長引くデフレ・円高によって経済は低迷し、若い人たちは未来に夢や希望を見いだせないでいる」

大田は黙って聞いていた。

「危機にある日本を立て直し、子供からお年寄りまで安心して暮らせる、強い日本、豊かな日本をつくっていかなければならない」

プロペラ音の激しい機内、ヘッドホンを通じての会話は、必ずしもスムーズではなかったが、そのせいか、とつとつとした小山内の言葉はかえって胸に響いた。

大田が、小山内の言葉に対して、こんな疑問を投げかけたのは、辺野古の視察を終え、東京への帰りの機中のことだった。

「先程のお話、日本を立て直すためにアンドノミクスという経済政策が必要であることはわかりました。しかし、市場は動いても未だに消費が伸びない理由をいかがお考えですか？」

「この不景気の最大の理由は都市部と地方の温度差が大きいことだろう。まだ地域の魅力を最大限に引き出し、活力をもたらすために、権限と財源を移譲する段階に至っていない」

「いわゆる、地方在権、地方返権の問題ですね」

大田は地方分権という言葉が好きではなかった。権限を分けてやるような上から目線のイメージを持っていたからだった。

「そうだな。誰もが夢と希望を持てるような新しい国づくりに、私のすべてをかけていくつもりだ」

「そのためには長期政権で、次々に策を打っていかなければならないと思いますが、改造内閣では駒が弱いような気がします」

「政治資金問題も出始めている。国民の意見に耳を傾けながら、ここは慎重にことを運ばなければ国会そのものが停滞してしまう。臨時国会がストップしてしまっては意味がない」

改造内閣の目玉であった女性閣僚に次々と政治資金に関する疑惑が噴出したのだった。

「今後はダメージを払拭し、野党からの攻撃材料には早めの措置が必要だと思います」

「改造は内閣を弱くするというジンクスは当たったようだな」

「どうも、野党からというより、身内から足を引っ張られているような気がします」

「男のジェラシーか……」

小山内は不機嫌な顔を見せていた。大田は時間が解決してくれる問題に固執したくはなかった。後ろ向きの話題ではなく、前向きな話をしておきたかったからだ。

「地方と都市部の格差問題に関してはどのように対処されるおつもりなのですか？」

小山内も閣僚辞任の話はせず、大田の質問に答えた。

「これは実に悩ましい問題だ。例えば東京を除いて国内でも多くの国税を納付している横浜市を例に挙げれば、横浜市から国へはある年は一兆三三一〇億円の国税が支払われている。それにもかかわらず、国から横浜市へは二九五〇億円しか地方交付税で戻ってきていない。還付率は実に二二パーセント、マイナス一兆三六〇億円だ。一方、島根県から国へは一四九〇億円しか支払われないのに、国から三四四〇億円も戻ってきている。還付率はなんと二三〇パーセント、プラス一九五〇億円。横浜市民の国税の大部分は地方への投資に使われているのが実情だ」

「あまりに差がありすぎますね」

「そう。国家とはそういうものだ……という地方と都市部の格差概念を大きく超えてしまっているんだ」

「官房長官は早い時期からこの点について論じていたと思いますが……」

「都市と地方の予算配分見直し問題は公平に行わなければならない。都市選出国会議員が長年、問題だとしながらも、誰も手が着けられず棚晒しになっていた問題でもある」

「地方出身の国会議員と激論を交わされたという話を聞いたことがあります」

「相手の気持ちもよくわかる。しかし、一票の格差がこれだけ問題になっている背景も考えなければならない。地方の代表だから金を中央からぶん取ってくる……では、あまりにお粗末だろう。そういう発想が地方分権という明治以来の思考から抜け切れない要因なんだ。地方は地方でなにをなすべきかを真剣に考えてもらわなければならない」

「都市部の代表と言っても、国会議員は国の代表であるわけですから、どういう視点で全体をみるかということが大事だと思うのです」

「確かに大田君は大学を出てから国家公務員という、国家視点で仕事をしてきたからわかるだろうが、警察でも東京と島根では全く違うだろう？」

「警察の場合、東京は別格で比較の対象にはなりません。神奈川と島根を比較すると、面積では島根は神奈川の約二・七倍なのに対し、人口は十三分の一です。警察官の数は十分の一です」

「島根を比較対象にしたのはよくなかったかも知れないが、これが実情ということだ。警察にとっても、警察官一人が受け持つ面積比と人口比を勘案したとしても、事件や事故の発生率を比較しなければ労働の対価を計算することはできないだろう」

「警察は生産性のない業種ですから、経済効果を推し量ることはできませんが、都市部が地方をいつまでも支援することは、補助金のバラマキと同じ効果しか産まないのではないか……と危惧しています」

「そうだな……地方偏重の政治の打破、予算配分の是非を主張することで、景気回復や雇用対策に加え、福祉の充実や女性の活躍の支援などの都市政策の充実を図ることも重要なことだと考えている。そしてこれは決して切り捨てではないということだ」

小山内が辺野古を視察した二ヶ月後に行われた沖縄知事選で、前知事は敗れた。だが小山内に動揺はなかった。

「この結果は織り込み済みだったわけですね」

「早い時期から〝予調〟を繰り返していたからな。前知事もある程度の覚悟はしていたはずだ。年齢的なネックも選挙民にとって選択の材料となったかもしれない」

〝予調〟、すなわち選挙投票行動の予備調査は新聞・テレビなど各マスコミが行っていたが、官邸は独自に半年前から毎月行っていた。

大田は官房長官執務室の応接用のソファーで小山内と向かい合っていた。この日は珍しく小山内が大田に缶ビールを勧め、執務室で初めてビールを飲みながらの話し合いとなっていた。

「辺野古は、やはり終わった話でいいのですか？」

「条約というのは国内法に優先する。すでに日本国としてアメリカに移転先を通告している。知事が替わったからといって、前知事と交わした合意文書まで反故にできるものではない」

「新しい知事は強硬に反発すると思われますが……」

「お互いに大人の対応をするしかないだろうな。沖縄に対する経済的な支援を打ち切るようなことはしない。ギリギリの譲歩はあるにしても、辺野古への移転は決定事項だ」

「政権は今回の知事選の結果を見越したうえで、前知事と合意したとの噂も飛び交っていますが……」

小山内がチラリと大田を見て言った。

「前知事は真剣に沖縄の将来を考えていたし、我々の真意が伝わった結果、合意に至ったということだ。新知事は、基地がなければ沖縄の経済は変わっていた旨の発言をしているようだが、どうも国家的観点が欠けているように思える。基地があるならあるで、新たな産業を興すことはできたはずだ。県政の努力も足りなかったということだ」

「前知事はその点にも尽力されていた……ということですね」

「だから、国も最大限のバックアップをして、航空貨物のハブ拠点を作ったり、情報産業の拠点創りを進めようとしている」

「あとは県民の意識向上が求められるということですか？」

「普天間が移転した後の政策は全て県に任せている。そのシナリオを迅速かつ効果的に、どこまで実現できるか……がカギだな」

「そこで新知事の手腕が試されるわけですね」

小山内が腕組みして目を瞑ったのを見て、大田はゆっくりと立ち上がった。小山内がすでに次のことを考え始めていることが大田にはわかっていた。これも官房長官秘書官として阿吽の呼吸だった。

第八章　青天霹靂

「代議士、後援会長がご相談をしたいと電話が入っています」

政務秘書官の村上が執務室の小山内に告げた。

数時間後、小山内の地元後援会長の武田《たけだ》純一郎《じゅんいちろう》が官邸を訪れた。年齢は六十五歳で小山内より二つ年上だった。日頃は豪放磊落を絵に描いたような男だったが、この日はいつもと様子が違い、目の下にはクマができ、顔色も悪かった。

「会長、何かありましたか?」

「小山内先生に、こんな話を伝えるのは実に心苦しいのだが、先生にも迷惑がかかってしまってはいけないと思ってやってきた次第なんだ」

「事業に関わることですか?」

「それもあるんだが……」

武田の歯切れの悪さに、小山内は自分の身に降りかかってきそうな得体の知れない何かがあることを察していた。小山内は会長の次の言葉を待った。

「実は、この十日間、会社と自宅周辺に右翼団体が街宣をかけるようになったんだ」

「右翼……ですか？」

小山内は現在の右翼を標榜する団体の多くには、背後に反社会的勢力が介在していることを知っていた。

「うちの中国の取引先が北朝鮮に対してコンピューター関係部品を迂回輸出していたんだ」

「不正輸出ですね？」

小山内はまだ東京では報道もされていない事案が地元で先に露見した背景に、嫌な感覚を持った。

「会長はその事実を全く知らなかったのですね？」

「そうなんだが、転売された北朝鮮の企業は全く知らない関係でもなかったんだ」

小山内は唖然とした。刑法でいう未必の故意が存在した可能性があったからだ。

「どういう関係だったのですか？」

「その会社を紹介してくれたのは、小山内先生の盟友である国分《とくぶ》県議だったんだ」

小山内は自分の耳を疑った。長崎県議会議員の国分俊作《しゅんさく》は、小山内が市議時代の一期先輩で歳も同じ、まさに同じ釜の飯を食い、新人議員の時には苦楽を共にした盟友だった。

「国分さんがその会社を紹介した経緯はどうだったのですか？」

「うちの会社が倉庫業をやっていることは知っているね」

武田は現在武田総合ホールディングスという会社の会長であるが、傘下には二十一もの会社があり、主たる業務は地方の総合商社であるが、これに関連する倉庫、運送、情報通信等も手がけていた。

「紹介された会社はパチンコとスロット店を九州北部で多く展開しており、その廃棄台や部品を輸出するためにうちの倉庫を使いたいということだったんだ」

「倉庫だけですか？」

「最初はそうだったんだ。ところがある時、船をチャーターしたい旨の依頼があり、その行き先が韓国だったんだ」

「韓国ならば問題はありませんよね」

「それが、韓国の港から積み替えた船が北朝鮮船籍だったことを、うちの社員が見て報告してくれたんだ」

「それはいつの話ですか？」

「もう、二年前になるかな。船のチャーターはその時一回限りだったので、特に問題はないと思っていたんだが……」

「当時運んだのは、パチンコ台だったのですか?」

「いや、自転車や中古バイク、中古車も含まれていたと思う。インボイスはまだ残っているし、税関も内容物を承知したうえでのことだ」

「倉庫の契約は未だに続いているわけですか?」

「五年先まで契約している」

小山内はその会社のバックグラウンドを調べる必要があると考えていた。小山内は話題を右翼団体に戻した。

「右翼団体は一つだけですか?」

「いや、二日ほど前から東京や大阪からも押しかけて来るようになり、県警から機動隊や公安が対策に来てくれている」

「県警も入ったわけですね……それで、彼らは何を主張しているのですか?」

「武田総合ホールディングスは北朝鮮の事業に手を貸す売国奴だと言っている」

「国分さんは何か言っていますか?」

「国分先生はすぐに収まるだろうとおっしゃっていますが、なんだか他人ごとのように言われるのが気になっています」

武田会長が明らかに国分を嫌がっているのが表情と口調から明らかだった。

「私なりによく考えてみます。右翼の背後に何があるのか、そして本当の目的は何かを正確に知る必要があります」

武田が帰った後、小山内は迷っていた。

武田が小山内の後援会長であることは地元では広く知られている。その武田を攻撃することは、すなわち小山内自身に対する攻撃と考えてよかったが、地元事務所からは何の報告ももたらされていなかった。

「村上を地元に帰しておくべきだった……」

小山内にしては珍しく、自らの地元対策に緩みができてしまっている現状を悟っていた。小山内は政務秘書官の村上を呼んだ。

「村上、最近、地元から何か情報は入っていないか？」

「会館事務所にも私個人にも特に急ぎの情報は届いておりませんが……何か火急の要件でしたか？　武田会長は……」

「ああ。右翼が会社や自宅に押しかけているらしい」

「なんですって……」

村上が地元秘書の頃ならば事実関係だけでなく、県警にも足を運んで背後関係を速報しなければならない事案だっただけに、その驚きは大きい様子だった。

「至急、調査を致しましょうか？」

「待て、今、慌てて動くとどんなハレーションが起こるかわからない。おまけに国分さんが絡んでいるようなんだ」

「国分先生が……ですか」

村上が何か言いたげな顔をして、言葉を飲み込んだのを小山内は見逃さなかった。

「国分さんに何かあるのか？」

「いえ……いや、あの……」

「どうしたんだ？」

小山内が詰め寄ると、村上が大きく息を吐いたあと、言葉を選ぶように答えた。

「私が官邸に入る少し前、国分先生に関する妙な噂を聞いたんです」

小山内は村上の顔をジッと見たが、言葉を発しなかった。村上が続けた。

「日韓トンネル構想をご存知ですか？」

腕組みをしながら小山内が訊ねた。

「十数年前に流行った話題だが、まだ立ち消えになっていないのか？」

「どうも国分先生はこの案件を本気で考えていらっしゃるようなのです」

「何か、特別な動きでもあるというのか？」

「釜山から、対馬、壱岐を経由して東松浦までのルートで地盤調査を始めたという噂が伝わってきました。もちろん、スポンサーを探していらっしゃるという話も……」

「本当か？　どうして私に報告をしなかったんだ？」

「私自身が確認した話ではありませんし、伝聞の伝聞では単なる与太話になってしまうと判断したからです。それに……」

「それになんだ？」

「現在、この日韓トンネル構想を推進しているのは半島系の宗教団体という話があります」

「それも噂話か？」

「いえ、これは長崎県警の公安に確認を取っています」

「すると、国分さんがその宗教団体に取り込まれているとでもいうのか？」

「そこまでは私にはわかりません。国分先生に私が尋ねるわけにも参りません」

「その宗教団体はカルトなのか？」

「県警はそう言っていましたが、県警が国分先生との関係を言っていたわけではありません」

小山内は腕組みをしたまま目を瞑った。

「国分さん。小山内です」

「おお、和ちゃん。大活躍の様子、嬉しいよ」

電話の向こうで大きな声が響いていた。

「お元気そうですね」

「まあな。県会はほぼ押さえたし、市議連中の派閥も解消させたから、仕事をやりやすくなったところなんだ」

「よく、あの市議会をまとめることができましたね」

「和ちゃんが仕切ってくれていたからだよ。その後、政権交代があって一時期ぐらついていたが、また和ちゃんが頑張って復権してくれたからな」

市議会の一期先輩であるものの、同い歳で、同時期に国会議員秘書を務めていた仲間の国分は、市議を四期務めた後、県議会に鞍替えし、現在四期目で議長も経験していた。

「これで国民もようやく民主主義の新たな局面を認識してくれたと思います。あとは健全野党が生れて、お互いに切磋琢磨できる時代が来ることを期待しています」

「和ちゃんも官房長官になっていい言葉を使うようになったなあ。俺なんかまだまだ勉強が足りないと思うよ。ところで今日は何かあったのかい？」

「実は、私の後援会長の武田純一郎さんのところに右翼が押しかけていることで、国分さんが何か摑んでいないか……と思いましてね」

数秒の空白があって、国分が答えた。

「うーん。そのことね……俺自身も少し迷惑をかけてしまったかな……とは思っていたんだが、武田さんも清濁併せ呑むような人だからね。いろんな儲け話に首を突っ込んでしまった結果でもあるんだよ」

「儲け話というのは？」

「電話ではちょっとな……」


二日後、ホテルオークラの「バロン」で小山内は国分と会った。

「やはり、官房長官ともなるといい場所を使うものだな」

国分の言葉にはこれまで感じたことがなかった刺があった。

「秘密の話ができる場所というのは案外少ないものなんですよ」

「なるほどね。それで、武田会長の件なんだが、俺が紹介したパチンコ業者と組んで、カジノ事業に参入しようとしているんだ」

「カジノ……ですか……」

小山内が初めて聞く話だった。

「沖縄と東京に作るんだろ？　カジノを……」

「まだ、全く白紙の状態ですよ。一口にカジノと言っても一軒、二軒のカジノを建てても意味がありませんからね。かと言って、国家事業として進めるわけにはいきません。

「ラスベガスやマカオのような一大都市を作るのも簡単ではありません」

「なるほど……どうせならマカオとまでは行かなくても東洋で三本指に入るくらいの規模であって欲しいと思うよ」

「それだけ余力のある企業が国内にあればいいのですが、景気もまだ本格的には回復していませんから、そんな時期に射幸心を煽る政策は積極的には展開できません」

「なるほど……経済政策が一段落ついてから……ということか……」

「そのとおりです。東京オリンピックまでになんとかしたいのですが」

「なんとか……って、それまでにカジノを作っておくということ？」

国分が身を乗り出すように言った。

「いえいえ、構想を作っておくということです。オリンピック施設とカジノを同時に造ることは予算的にも厳しいことでしょう」

「そうか……まだまだ先の話か……」

国分の顔に落胆の色が浮かんだのを小山内は見逃さなかった。

「それで、武田さんはどんなミスを犯したんですか？」

「パチンコ屋とスロット屋を独自で始めたんだよ。それが既得権を持った連中からすれば面白くなかったんだな」

小山内は唖然とした。あの冷静な事業家が武田総合ホールディングスには全く無縁の業界に踏み込み、火中の栗を拾うようなマネをするとは考えにくかった。

「ハメられたんですかね？」

「何とも言えないな。事業家というのは事業を広げることには貪欲だからな。俺たち政治家には理解できない面を持っているのさ」

国分の言い方には自らの後援会をも支援してくれているはずの武田会長を、どこか突き放したような雰囲気があった。

「武田さんが自主的にパチンコ業界に足を踏み入れるとは考えにくいんですけどね」

「俺も驚いたんだよ。それも市内の一等地にある自社ビルに地下一階から地上三階までの四フロアだ。同業者からしてみれば戦々恐々だろう」

「私はパチンコ業界のことはよく知らないのですが、そんなに簡単に新規参入できるものなのでしょうか？　パチンコの新台納入や風俗営業の審査等もあるはずなんですが……」

「警察とも上手くやったんだろうな」

小山内は国分とこれ以上パチンコの話をしても意味がないと思い、話題を変えた。

「ところで国分さん、最近、日韓トンネル関連の仕事をされているのですか？」

国分の目に驚きが見えた。国分はすぐに返答しなかった。小山内が続けて訊ねた。

「日韓トンネル構想は、いわば外交問題の一つです。長崎県と韓国が対話してできる案件ではないことは国分さんもご存知のとおりだと思うのですが」

「外交は国政の問題で地方は口を出すな……ということか？」

国分はぞんざいな言い方をした。

「十数年前にも話題になった話で、すでに立ち消えになったものとばかり思っていたのですが、ある筋から国分さんがスポンサー探しをされている旨の噂を聞いたものですから、心配になりまして」

「心配？」

「現在の日韓関係から言って、トンネル構想は机上の空論にもならない案件です。それに関してスポンサーを募るのは、ありもしない架空会社の未公開株を売ろうとしているようにも思えます」

「和ちゃんは俺が詐欺の片棒を担いでいるとでもいうのか？」

「その動きが事実ならば、間違いなく警察が動きます。その点をよく考えてもらいたいと思ったんです」

「警察？　夢を持つことが犯罪なのか？」

「夢を持ち、夢を語るのは何の犯罪にもなりません。しかし、そこでスポンサーを募るとなれば話が違います。さらに言えば、県警は半島系のカルト集団による活動の一つと見做している向きもあるようです」

国分は小山内の顔をマジマジと眺めた。

「俺がカルト宗教団体の信者だとでも言うのか？」

「私はカルト集団とは申しましたが、宗教団体とは申しておりません」

国分の顔色が変わった。目つきが小山内に挑むような攻撃的なものになった。

「和ちゃんは宗教をどう考えている？」

突然の話題の転換に小山内は咄嗟に言葉が出なかったが、ゆっくりと二度息を吸ってから答えた。

「宗教は自分自身の精神を落ち着け、先祖を崇拝するものであると考えています」

「先祖崇拝か……神や仏の存在はどうなんだ？」

「私は神にも仏にも会ったことはありませんし、そのどちらかのお陰で現在を生きているとも思っていません。そして先祖崇拝をしているという意識もありません。ただ、ご先祖があって初めて自分があることは紛れもない事実ですから、これは大事にしなければと思っています」

「先祖だけなのか？」

「いえ、遠くの親類より近くの他人とも申します。これまでの私の人生に大きな影響を与えて下さった方々にも感謝いたしております」

国分は小山内から視線を外すことなく刺すような眼力で見つめている。小山内はこれをやんわりとした意識で眺めるように受け止めていた。国分が言った。

「俺は神に会ったことはないが、神の存在は信じている。神がいなければこの世は存在しなかったと思っている」

「この世の存在ですか……天地創造のようなものですか？」

「そうだ」

小山内が落ち着いた口調で言った。

「私は天文学というものが好きで、オリオン大星雲というものに興味を持っています。その星雲の中では新たな星が生れているのが確認できるんです。千数百光年も先のことですけどね。そこにも神がいるのですかね」

「宇宙を創ったのは神だ」

「否定はしませんが、キリスト教だって地動説を唱えたガリレオに対して迫害した過去があります。そう考えると神というのは人間の創造物でしかないのではないかという気がします」

「和ちゃんは神の存在を認めないわけか……」

「イワシの頭も信心からといいます。神が存在するのならどうして宗教戦争などという馬鹿げた争いが起こるのでしょう。唯一絶対の神がいる限り、そうでないものは迫害、あるいは攻撃される。それが宗教の持つ宿命というのなら、信じないほうがいいような気がします」

「なるほどね。神は一つでも布教するものの考え一つで変わるということか」

「ユダヤ教、キリスト教、イスラム教。この三つの宗教の根本の神は同じと聞いたことがあります。イスラム教は宗派が違うだけで過激な戦争を繰り返しています。唯一絶対なんてあり得ないのに、他を認めようとしないのが宗教というのなら、よほど了見の狭い神だということです。まあ、現在の日本の若者のように、ハロウィンが終ってクリスマスになって、年越しには寺の除夜の鐘の音を聞いて、神社に初詣に行くのでは、何がなんだかわからなくなってしまいますが、寛容のない宗教はいつか瓦解してしまうのだろうと思っています」

国分はそれ以上議論をしたくないと思ったのか、話題を戻した。

「ところで、俺が進めようとしている日韓トンネル構想の背後にカルト集団があるというのはどこから聞いた話なんだ?」

「県警の公安が言っていました」

「すると、俺もそのカルト集団と接点があるというのだな?」

「それを確認したいと思ったのです。そのカルト集団は一時期、国会にも深くかかわっていました。しかし、今、その勢力は表面的には姿を隠しています」

小山内が断定的に言うと、国分の口元が歪んだ。

「確かに俺は宗旨替えした。それがカルト集団と断定されているのなら仕方がない。日韓トンネル構想もその団体が推進しているのは事実だ。だからと言って、日本の治安に悪影響を及ぼそうなどという考えは一切持っていない」

「日韓にトンネルを作って何の利益が双方にあるのですか？　少なくとも日本には何の利益もないと思います」

「どうしてそう断言できる？」

「日韓はアメリカを含めて重要な関係であることは認めますが、決して同盟国ではないということです」

国分が驚いた顔をして小山内に言った。

「日本国の官房長官の発言とは思えないな。日韓関係が同盟関係ではないというのか？」

「では、国分さんは竹島の領有権をどうお考えですか？　領土問題が存在する同盟国などあり得ないのです。韓国は近年ことあるごとに『歴史認識』という言葉を政治的に利用していますが、彼らのいう歴史認識とは一体なんですか？　過激な反日教育が歴史認識の違いというのなら、中国に対する歴史的な朝貢外交は何だったのか。その歴史認識は何なのでしょう。それこそ事大主義に他ならない」

「竹島問題は対話が足りないだけだ」

「軍隊を送り込んで占拠している相手と対話ができますか？　一歩間違えば交戦状態に入ってもおかしくない事態なんです。それをジッと我慢してきた日本人も、そろそろ限界に来ています」

「和ちゃんは安藤総理と親しくなってから、右傾化してきたのかな」

国分は茶化すような言い方をしたが、その時の目には憎悪にも似た蔑みの感情が込められているようだった。

会話に一致点を見出すことができないと判断した小山内は「わかりました」と一言だけ呟いた。

翌朝、地元事務所から電話が入った。右翼の街宣車が地元事務所周辺で騒ぎ出したという内容だった。

電話を終えた小山内はすぐに大田を呼んだ。

「大田君、実は地元で困ったことが起こったようなんだ」

「長崎で……ですか」

「右翼が街宣を始めたらしい。それも褒め殺しだと言うんだ」

小山内にしては珍しく、何かをしきりに迷っている雰囲気が大田には感じられた。

「原因について何かお気づきの点でもありますか？」

大田は小山内の胸中を察するように訊ねた。大田は日頃から小山内の地元事情に関して警察庁警備局を通じて情報収集に当たらせていたからだ。

「私の後援会長を知っているね」

「はい。武田純一郎さんですね。事業の幅が広すぎて何が本業なのか今ひとつ理解できませんが、本業は貿易と聞いております」

「そう。もともとは関西で総合商社を営んでいたんだが、財閥解体の影響で故郷の長崎に戻って、アジアを中心とした貿易を始めたんだ」

大田は小山内が国政に進出して以来の後援会長を務める武田の動きもよく知っていた。

「最近は遊技機器メーカーや遊技業界ともお付き合いがあるようですが—」

「なんだ、知っていたのか」

「遊技業界の動向は生活安全局だけでなく警備局も注視しています」

「そうか……武田さんの背景も知っているのか？」

「国分県議が仲介したという情報です」

「なに？　国分さんが仲介した？」

小山内は国分から聞いた話と食い違いがあることに驚いた。

「武田氏が開いた遊技店に納入された遊技機事業者からの聴取で、国分県議の関連会社が中古台を引き取る代わりに、新台を武田氏の遊技店に優先的に入れるよう指示があった模様です」

「武田さんがパチンコ屋を始めた経緯はどうなんだ？」

「武田氏の持ち株会社が所有する当該ビルは、これまでアパレル専門店のビルとして営業していましたが、近くに新たなデザイナーズビルができたことで、業績が悪化していたようです。そこに目を付けたのが国分県議の後援会幹部で、彼は県内のパチンコ業者と深い関係にあり、その実質的口利きを国分県議が武田氏に行なったということです」

「国分さんはどうしてその事実を私に隠したかったのだろう……」

小山内の複雑な気持ちを察した大田が言った。

「国分県議の選挙参謀と選挙運動員のほとんどが聖心福音教会という半島系宗教団体の信者なのです」

「聞かない名の宗教団体だが、それはカルト集団なのか？」

「警察庁はカルトと認定しております」

「どうして半島系宗教団体が日本の政治にかかわってくるんだ？」

「同様の団体は過去にもありました。霊感商法で問題になった団体なのですが、そこの教祖が亡くなったことで分裂してできたのが聖心福音教会だったのです」

「元は同じだったのか？　ところで、大田君はいつ頃から国分さんの周辺を探っていたのかな？」

「私というよりも警備局が調べた結果を報告してくれていたのです。ただし、こちらから官房長官に報告するための業務とはことなりますので、報告は控えさせていただきました。ただし、今回は右翼団体が行動を起こしたため、官房長官秘書官として対応する必要から報告しております」

「なるほど、そういうことか。公私の区別をつけているわけだな。それで、私はどういう対応をすべきかを教えてもらいたい」

小山内は大田に頭を下げた。大田が秘書官に就任した時以来だった。

「官房長官、これは国家に対する挑戦ですから警備警察として対応致します。それに加え、官房長官の盟友でいらっしゃる国分県議についても慎重に捜査しなければなりません」

「捜査？　何らかの事件にかかわっているのか？」

小山内の顔が苦痛に歪むように見えた。何と言っても小山内が市議会議員に初当選した時からの盟友なのだ。

「国立病院の誘致変更に関して収賄の嫌疑がかかっているようです」

「贈賄相手は大和病院か？」

「そのとおりです」

「そうか……。最も接点を持ってはならない相手だな……」

「はい。背後には反社会的勢力の姿もちらついています」

「カルト教団の絡みが見えてくるな……」

小山内は地元の裏事情にも精通していた。

「心中、お察し致します」

「友であろうと、ならぬことはならぬものだ」

小山内の目が赤くなっているのを大田は見て見ぬふりをした。


聖心福音教会は半島系宗教団体ながら右翼を名乗る反共政治結社を有していた。全ての行動が税制上の課税逃れだった。全ての物品販売、出版等の営業に加え、あらゆる金銭的寄附行為もお布施という非課税の道があるのだ。

聖心福音教会の信者はこと選挙に関しては極めて献身的かつ、無報酬で働くため、保守系の議員は積極的に彼らを受け入れるようになっていた。

「あの連中を巧く使わない手はない」

地元でも過激で知られる反社会的勢力の久松《ひさまつ》組は地元政財界にも深く入り込んでいた。彼らがターゲットにしたのが聖心福音教会の下部団体である政治結社だった。

「うちの政治結社と友誼団体になれば金儲けができる」

「聖心福音教会だって本国へ送金しなければならないからな、危ない橋も渡るようになるのさ」

　久松組の幹部は組織拡大の道具として、いくつかの宗教団体を利用していた。彼らにとって宗派など一切関係なかった。金儲けの隠れ蓑として最適なものが宗教団体だっただけだった。久松組は信者獲得の手伝いと称して覚醒剤の売買や、港湾労働者の口入れを始めることによって武田純一郎に目をつけたのだった。

　数日後、県警刑事部捜査第二課は収賄容疑で国分県議を逮捕した。

　さらに警備部公安第二課は宗教団体幹部を外為法違反容疑で、右翼団体責任者と遊技業者数名を恐喝及び詐欺容疑で、組織犯罪対策部組対四課は久松組幹部数名を恐喝でそれぞれ逮捕した。

「悲しい。そして実に寂しい。彼は政治を志してから唯一の胸襟を開いて話ができる親友だった。家族ぐるみで付き合い、私の妻や子供の誕生日には必ずプレゼントを送ってくれていた」

　目を真っ赤にして執務室のデスクで呟くように言った小山内は、数分間ジッとしていたが、フッと大きく息を吐き秘書室に目薬を持ってくるよう伝えると、ゆっくり立ち上がった。

「辛いなあ、しかし、この部屋を離れたらすぐに頭の片隅に追いやるよ」

やがて官邸職員の秘書が目薬を持ってくると、二度、三度と繰り返して目薬をさし、「よし」と言って閣議に向かった。その間大田は一言も口を挟まなかった。

エピローグ

間もなく政権発足から、二回目の冬がめぐってこようとしていた。

「たまにはメシでも食おうや」

この日、珍しく小山内は大田を夕食に誘った。夜は「二階建て」の会合日程を組む小山内だったが、この日の会合は既にキャンセルされていた。小山内が大田を連れて行ったのは、プライムリブステーキの専門店だった。

「ダイヤモンド・ジム・ブレーディーカットを頼む」

小山内はメニューを見ることもなくウェイトレスに言った。

「私世代になると一人で食べきることができる、ギリギリの量だが、アメリカに行けば昔のティッシュペーパーボックス位の厚さの肉が出てくるからな」

「そうですね。アメリカではキングクラブをオーダーしてもステンレス製の大きなオードブル皿に山盛りの量で出てきますからね」

「そう。バターとレモンだけで食べるのも苦痛だけどな」

小山内が笑いながら言った。

すぐにワゴンを引いた料理人が二人の前に来て肉のかたまりをカットし始めた。肉の厚さにして約三センチメートル。五〇〇グラムを超える量だった。それにマッシュポテト、コーン、ほうれん草のマッシュが一つの皿に盛られる。

「たまにはいいですね。肉食も」

「ベジタリアンにはなかなかなれんな」

小山内は鷹揚にナイフとフォークを手にした。

この日の朝刊各紙には、「年内解散へ首相決断」という文字が躍っていた。だが、ジュウジュウと音を立てるステーキを、黙々と口に運ぶ小山内に大田が切り出したのは、意外な一言だった。

「官房長官の戦う姿勢はいつ頃からできたものなのですか？」

「私の原点は、市議会議員選挙に初めて臨んだ時だろうな。地盤を譲ってもらって楽な選挙をしていたら、今の私はないと思うよ。お金が無くとも、地盤が無くとも、強靱な意志と弛《たゆ》まぬ努力があれば、何事も成し得るという、政治哲学のようなものを得た戦いだったからね」

「今でも、党の長老や派閥や有力議員を向こうに回しても、勇気を持って主張し、必ず実現させるという行動力は素晴らしいと思います」

大田の言葉に小山内は照れくさそうな顔をして言った。

「そうは言っても、一政治家の意思に基づいて、国の形を変えることなどはできないだろう」

「しかし、誰かが声を上げることは大事なのではないかと思います。そして言葉だけでなく行動に移すことが大事だと思います」

「明治維新の原動力となったのは、二十代、三十代の若者だったことを、日本人は今一度思い起こす必要があると思っている」

「明治維新ですか……」

「あらゆる分野で若い力が台頭してこなければならない。草食系だなんだと言っている場合じゃない。学を積むものは積極的に海外に出て見聞を広め、日本のあり方を海外から見てこなければならない」

「しかし、今やアメリカの資本主義は異常をきたしているように思います」

「資本主義による格差社会はアメリカから崩壊の兆しを見せている。二十一世紀の資本論なるものが、ベストセラーになっている現実も直視しなければならない時代になっている。それでもアメリカには資源もあれば食料もある。原料が何もない日本とは大きな違いだ。そして今なお日本の平和はアメリカが守っていることを忘れてはならない」

大田は小山内がいわゆる「新資本論」を口にするとは思っていなかった。「資本論」

はマルクスが唱えた共産主義のバイブル的理論だが、「二十一世紀の資本論」は現代のマルクスとも言われるパリ経済学校の経済学者トマ・ピケティ教授による書である。すでに米国を中心にベストセラーになっているが、経済的不平等の拡大を悲観的に論じて、それを若者が支持しているところが特徴である。

「アメリカでも若者の多くは職に就けない状況にあるようですが……」

「アメリカ本国に製造業がなくなったことが大きな理由だろうが、アメリカもようやくそれに気付き対処を始めた。さらにシェールガス開発によって世界のエネルギー地図が塗り替わろうとしている。そのアメリカと手を組むことができるのは日本しかいないんだ」

「日本しか……ですか？」

「エネルギー革命は今後アメリカの対外債務を徐々に減少させていくだろう。アメリカ、中国、ロシアの三大国とドイツ、日本が世界を支えていくしかない」

「ヨーロッパはドイツだけですね」

「さらには、イスラムの春のような、テロ至上主義に共鳴する若者が世界規模で増えている背景も、その原因を徹底究明しなければならない」

「危機管理的には日本もテロ対策をさらに厳しく考えなければならない時期に入っていると思われます」

「そのためにも政治家がこの国の進むべき道を提案し、本来の民主主義のルールに従って、国民の意見を集約することが大事だ。圧倒的多数を背景に政治を動かすのではなく、多数であるからこそ、国民の意見に謙虚に耳を傾けることができることを示していく必要がある」

「党内にもいろいろなご意見をお持ちの方が多いですからね」

「夜の店であそこまで言われているとは知らなかったが、参考にはなった」

小山内が苦笑しながら言った。ニッコールの神崎会長の家族や総理兄弟との食事の席で会長令嬢から「ほんとうはこんな話を外でしてはならないのですけれど……」と前置きをされて、夜の席での党内国会議員の様々な行状を聞かされていたのだった。

「今が大事だということですね」

「結果はいつか歴史が明らかにしてくれるだろう。誰しも、歴史に汚名を残したくはない。それでも、多くの先人がミスを犯していることを忘れてはならない」

ふと小山内が口にした。

「ハムレット的心境だろう」

解散総選挙という安藤の決断を指しているのは明らかだった。

「進むも地獄、退《ひ》くも地獄……というところですか？」

「経済学的には『流動性の罠』と言うそうだ」

「ケインズ理論ですね」

通常の経済の状況であれば、金融政策によって金利が下がると景気が刺激される。しかし、いくら金利をゼロ近くまで下げても景気が低迷したままになることがある。それが今の日本の現状なのだ。

金利が低く、なおかつ物価が下落する状況では、国民の多くは預貯金で資産を持とうとする。日銀がいくら貨幣量を増やして経済を刺激しようとしても、国民の感覚が支出に向かわない。その結果、景気はさらに冷え込むことになる。

「消費税の引き上げ時期の判断は、市場だけでなく国民意識からも『期待』と『実態』の乖離が広がりつつある中で、来年十月の再増税は難しいかも知れない」

「円安による外需関連企業の収益増が真の経営力強化になるか否かの判断が難しいでしょう」

「経営者は経済失速リスクを恐れるからな」

小山内は大田の経済状況に関する分析力には一目置いていた。もちろん小山内には、経済に関してプロ中のプロである財務省から出向してきている秘書官がついている。だが、その背景には財務省の意向がある。その点、警察官僚である大田は、そうした利害関係やしがらみを離れて、バランス感覚に富んだ見方を示せる。大田自身も、この政権の生命線が経済政策であることをいち早く看破して勉強を重ねてきたため、今ではときに財務官僚も舌を巻くほど実体経済に精通していた。

「増税は将来の国家運営の観点から、早めに手を打たなければならないことは確かですが、今はその時期ではないような気がします」

「国家運営か……私も今の借金大国の現状を一刻も早く解消し、一刻も早く孫子の代の安心を考えてやらなければならない時が迫っていることは認識している」

小山内はすでに連立与党と消費税増税の時期が遅れた際の対策も話し合っていた。

「問題は先送りすることで国際社会からアンドノミクスへの信頼が損われることにあります」

「そうかと言って強い政治的リーダーシップを発揮する時期でもないだろう」

「日中首脳会談の結果を見れば明らかです。今、無理をしてハードランディングをすべきではないのかも知れません。再増税断行は確かに正論です。しかし、今は国政の安定が大事だと思うのです。国民に少々の猶予を与えることも必要なのではないでしょうか」

「猶予と言っても、そうそう引き伸ばすことはできないし、公約を反故にすることはできないだろう」

「日本の経済成長の時代はすでに終わって、もはや成長はしないと思います」

「それじゃあ夢がないじゃないか」

「幻想を与えることが政治ではありません。事実は事実。安藤総理が未だに日本経済の成長の可能性を探り、可能性を追い求めていることはよく存じておりますし、官房長官のお立場も理解しております。ただ……」

大田の前に置かれた赤ワインは、しばらく前から減っていなかった。

「ただ……なんだ。はっきり言いなさい」

「新たな産業革命でも起こらない限り、現在の民主主義に発展はないと思います」

「新たな産業革命か……」

「蒸気機関、電気、自動車……これに続く、人をあっと驚かせるような、動的革命です」

「もはや、それはITには託せないというわけか……」

小山内は静かに頷いた。

「産業革命は物体が物理的に動いて初めて利便性を感じるものです。ITは所詮情報スピードが増すだけで、人、物が動くわけではありません。パソコンを持っていなくても、スマートフォンを使えなくても、ちょっとは遅れますが普通の生活はできます」

食事を終えて官邸へと戻る車中で、しばらく黙っていた小山内が口を開いた。

「それで、君は消費税増税のタイミングはどうした方がいいと思うんだ?」

「デフレを確実に脱却する時期を明文化して、その時まで増税を延期したほうがいいと思います」

「すると、それを大義にして国民に信を問うということか？」

「最も混乱が少ないと思います。消費税増税は現野党が政権時に決めた合意です。これを反故にするために信を問うのです。ただし、多くの国民には理解できないでしょうし、ここは丁寧に説明する責任があります」

「マスコミは反発するだろうな」

「それを受け止めるのが官房長官の仕事です」

小山内はニヤリと笑った。

車を降りると、官邸の中庭、手入れの行き届いた竹林の向こうに、見事な月が輝いていた。

「今日は満月か？」

「いえ、十三夜です。しかし今夜の月はミラクルムーンといって百七十一年ぶりの月だそうです」

「ミラクルムーンか……さて、政治もミラクルといくかな」

小山内が珍しく声を出して笑った。

この作品は文春文庫のために書き下ろされたものです

この作品は完全なるフィクションであり、登場する人物や団体名などは、実在のものと一切関係ありません

文春文庫

内閣官房長官《ないかくかんぼうちょうかん》・小山内和博《おさないかずひろ》
電《でん》光《こう》石《せつ》火《か》

定価はカバーに表示してあります

2015年1月10日　第1刷

著　者　濱《はま》　嘉之《よしゆき》
発行者　羽鳥好之
発行所　株式会社 文藝春秋

東京都千代田区紀尾井町 3-23　〒102-8008
TEL　03・3265・1211
文藝春秋ホームページ　http://www.bunshun.co.jp

落丁、乱丁本は、お手数ですが小社製作部宛お送り下さい。送料小社負担でお取替致します。

印刷・凸版印刷　製本・加藤製本

Printed in Japan
ISBN978-4-16-790271-1

（　）内は解説者。品切の節はご容赦下さい。

内田康夫
神苦楽島《かぐらじま》（上下）
秋葉原からの帰路、若い女性が浅見光彦の腕の中に倒れ込み、絶命してしまう。そして彼女の故郷・淡路島へ赴いた光彦は、事件の背後に巨大な闇が存在することに気づく。（自作解説）
う-14-15

内田康夫
平城山《ならやま》を越えた女
奈良坂に消えた女、ホトケ谷の変死体、50年前に盗まれた香薬師仏。奈良街道を舞台に起きた三つの事件が繋がるとき、浅見光彦は、ある夜の悲劇の真相を知る。（山前　譲）
う-14-17

海月ルイ
十四番目の月
京都で起きた幼女誘拐事件。犯人との接触はなかったはずだが、二千万円の身代金は消えた。犯人はどうやって金を奪ったのか。女の中に潜む光と闇を描く傑作ミステリー。（吉田伸子）
う-17-3

歌野晶午
葉桜の季節に君を想うということ
元私立探偵・成瀬将虎は、同じフィットネスクラブに通う愛子から霊感商法の調査を依頼された。その意外な顛末とは？　あらゆる賞を総なめにした現代ミステリーの最高傑作。
う-20-1

逢坂　剛
禿鷹狩り　禿鷹IV（上下）
悪徳刑事・禿富鷹秋の前に最強の刺客現わる！　同僚にして屈強でしたたかな女警部・岩動寿満子に追い回されるハゲタカを衝撃のラストが待つ。息飲む展開のシリーズ白眉。（大矢博子）
お-13-11

逢坂　剛
兇弾　禿鷹V
悪徳警部・禿富鷹秋が、死を賭して持ち出した神宮署裏帳簿。その隠蔽を企む警察中枢、蠢動するマフィアの残党。暗闘につぐ暗闘の、暗黒警察小説。（池上冬樹）
お-13-15

奥泉　光
桑潟幸一准教授のスタイリッシュな生活
やる気もなければ志も低い大学教員・クワコーを次々に襲うキャンパスの怪事件。奇人ぞろいの文芸部員女子とともにクワコーが謎に挑む。ユーモア・ミステリー3編収録。（辻村深月）
お-23-3

（　）内は解説者。品切の節はご容赦下さい。

太田忠司
月読《つくよみ》
「月読」――それは死者の最期の思いを読みとる能力者。異能の青年が自らの過去を求めて地方都市を訪れたとき、次々と不可解な事件が……。慟哭の青春ミステリー長篇。（真中耕平）
お-45-1

太田忠司
落下する花　―月読《つくよみ》―
校舎の屋上から飛び降りた憧れの女性。彼女が残した月導には殺人の告白が!?　人が亡くなると現れる〝月導〟の意味を読み解く異能者「月読」が活躍する青春ミステリー。（大矢博子）
お-45-2

垣根涼介
ギャングスター・レッスン　ヒート アイランドⅡ
渋谷のチーム「雅」の頭、アキは、チーム解散後、海外放浪を経て、裏金強奪のプロ、柿沢と桃井に誘われその一員に加わる。『ヒートアイランド』の続篇となる痛快クライムノベル。
か-30-4

垣根涼介
ボーダー　ヒート アイランドⅣ
〈雅〉を解散して三年。東大生となったカオルは自分たちの名を騙ってファイトパーティを主催する偽者の存在を知る。過去の発覚を恐れたカオルは、裏の世界で生きるアキに接触するが。
か-30-5

加納朋子
虹の家のアリス
育児サークルに続く嫌がらせ、猫好き掲示板サイトに相次ぐ猫殺しの書きこみ、花泥棒……脱サラ探偵・仁木と助手の美少女・安梨沙が挑む、ささやかだけど不思議な六つの謎。（倉知　淳）
か-33-2

香納諒一
贄《にえ》の夜会（上下）
《犯罪被害者家族の集い》に参加した女性二人が惨殺された。容疑者は少年時代に同級生を殺害した弁護士！　サイコサスペンス＋警察小説＋犯人探しの傑作ミステリー。（吉野　仁）
か-41-1

門井慶喜
天才までの距離　美術探偵・神永美有
黎明期の日本美術界に君臨した岡倉天心が、自ら描いたという仏像画は果たして本物なのか？　神永美有と佐々木昭友のコンビが東西の逸品と対峙する、人気シリーズ第二弾。（福井健太）
か-48-2

桐野夏生
柔らかな頬（上下）
旅先で五歳の娘が突然失踪。家族を裏切っていたカスミは、必死に娘を探し続ける。四年後、死期の迫った元刑事が、事件の再調査を……。話題騒然の直木賞受賞作、ついに文庫化。（福田和也）
き-19-6

北森　鴻
深淵のガランス
画壇の大家の孫娘の依頼で、いわくつきの傑作を修復することになった佐月恭壱。描かれたパリの街並の下に隠されていたのは!? 裏の裏をかく北森ワールドを堪能できる一冊。（ピーコ）
き-21-6

北森　鴻
虚栄の肖像
銀座の花師にして絵画修復師の佐月恭壱が、絵画修復に纏わる謎を解く極上の美術ミステリー。肖像画、藤田嗣治、女体の緊縛画……絵に秘められた思いが切なく迫る傑作三篇。（愛川　晶）
き-21-7

北川歩実
猿の証言
類人猿は人間の言葉を理解できると主張する井手元助教授が失踪。井手元は神の領域を侵す禁断の実験に手を染めたのか？ 先端科学に材をとった傑作ミステリー。（金子邦彦、笠井　潔）
き-32-1

貴志祐介
悪の教典（上下）
人気教師の蓮実聖司は裏で巧妙な細工と犯罪を重ねていたが、綻びから狂気の殺戮へ。クラスを襲う戦慄の一夜。ミステリー界の話題を攫った超弩級エンターテインメント。（三池崇史）
き-35-1

木下半太
女王ゲーム
女王ゲームとは命がけのババ抜き。優勝賞金10億円、イカサマ自由、但し負ければ死。さまざまな事情を背負った男女八人の死闘がはじまる。一気読み必至のギャンブル・サスペンス。

き-37-1

黒川博行
蒼煌
芸術院会員の座を狙う日本画家の室生は、選挙の投票権を持つ現会員らへの接待攻勢に出る。弟子、画商、政治家まで巻き込み、手段を選ばぬ彼に周囲は翻弄されていく。（篠田節子）
く-9-8